本当の私を、探してた。

One day I realized I had been looking for *me*.

装画　モモリスウ
装丁　市橋 愛

プロローグ

本当の名前ってなんだろう？

私は、11年前、クアラルンプールの空港に降り立った。

その頃の私は、つけられた名前しかもっていなかった。

私は、戦う術もなくて、どうやって世界と向き合っていいのかわからなかった。

私は、今の私でなかった。

私は、まだ知らなかった。

本当の名前。

本当の、私。

第一章　居場所

Ⅰ　Foreign

マレーシアに来て数年が過ぎたある日、朝のマーケットをうろうろしていると、ドミニクがこちらに手を振っているのに気づいた。

「エイミー」

籐のおしゃれなカゴを下げた彼女は、輝くような笑顔で近寄ってきた。

「ここで会えてよかったわ。メールしようと思ってたところ。ねえ、ヨガに興味ある？」

「ヨガ？　1回もやったことないけど」

正直に答えた。

子どもの頃からずっと運動が苦手だったし、体も硬い。少しは興味があったけど、ヨガクラスなんて絶対に行けないと思った。他人に無様な姿をさらすのが嫌なのだ。

「それなら、なおのこと来てほしいわ。私は、3ヵ月前にティーチャーになったの。クンダリーニヨガは、すごいのよ」

「クンダリーニヨガ？」

初めて聞いた名前に、私は聞き返した。

「私が今までやってきたヨガとは全然違っていたわ。世界が変わったのよ」

面食らった私に気づいたのか、慌てて彼女は首を横に振った。

「宗教じゃないわよ」

私がうなずくと、彼女は安心したように私の肩に手をかける。

「クンダリーニヨガを始めてから、私は自分が40代なんて気がしなくなったわ。20代の頃よりも元気なのよ」

へええ、と私は、自分より少し年上の彼女の顔をしみじみと見た。青い瞳は子どものように喜びに満ちていて、生き生きとしている。

「エイミー、来てね」

そうドミニクはウインクした。

私は、とりあえず「行く」と返事をした。

ドミニクは、私に住所と時間を教えると、軽やかに手を振って去っていった。

彼女の後姿を見ながら、私は、正直言えば、少し面倒だと思っていた。

私にとっては、人間関係の話だった。

知り合いもいないマレーシアに住んで、私はひとつ決めたことがあった。英語も苦手で特に取柄もない私に声をかけてくれる人がいたら、気持ちだけでもありがたく受け取るということだ。

マーケットを後にするときには、やめる言い訳をすでに考え始めていた。

＊

それから4日後、金曜の朝だった。

マレーシアの明るい太陽のもと、車で教えられた住所に向かった。

ヨガマットを抱えて建物を眺める。ドアにかけられたメッセージボードには、アート教室の時間割が書かれている。

本当にここだろうか、とおそるおそるドアを開けた。

「Morning, Amy」

ドミニクの恰好に、私は一瞬、足を止めた。白い綿の上下の服を着て、頭に白いターバンだ。宗教ではないと言っていたけれど、と疑わしい気持ちになる。

プリントを片手に予習する彼女と二人の部屋は居心地悪いと感じ始めた頃、西洋人女性が2人入ってきた。

ドミニクの友人たちだった。私は、数回言葉を交わしたことがあるだけだ。ヨガマットを敷きながらも2人はおしゃべりを続け、バカンスの計画に話は及んでいた。

「バリに行くのよ」

「いいわね。私はクリスマスホリデーに行ったわ。滝があってね……」

私は会話に誘われることもなく、自分から入ることもなく、ぼんやりしていた。静かだった部屋に2人の声が響いていた。

しかたなく、それらしく足を開き体を伸ばすふりを始めた。何にもしないと、いかにもやる気がなさそうで申し訳ないと気をまわした結果だ。そもそも何がストレッチなのかもわからない。

バカバカしいのだけれど、その場に合わせたことをすることで、人から変な目で見られないようにしたいのだ。そういうのを自意識過剰と言うのだろう。


「さあ、クンダリーニヨガのレッスンを始めるわ」

緊張した顔で、ドミニクは一同を見回した。

「決して無理はしないでね。できなかったらそれでもいいのよ」とドミニクが言うと、西洋人の体の大きい方の女性が「できないことばっかり。大丈夫かしら」と笑った。

ドミニクは「大丈夫よ」と少し困った顔をした。


呼吸の練習からレッスンは始まった。鼻からゆっくり吸って、ゆっくり吐く。それから、あぐらの状態で上半身を回したり、四つん這いで背骨を反らしたり丸めたりと指示されるままに体を動かした。

音楽はおそらくマントラと言われるもので、知らない言葉が、何度も何度も繰り返される。何がなんだかわからないままに、私は、必死でドミニクの動きを真似た。

最後は、マットの上に横になり目をつぶった。今度は、静かで幻想的な音楽だった。意識がぼんやりとした。

レッスンの終わりに、ドミニクは両手を体の前で合わせブツブツと何かつぶやくと、大きな声でマントラらしきものを3回唱え、頭を床に下げた。驚いて横目で見ると、ほかの人も頭を下げている。私も、急いでそれにならう。

外国人だらけの部屋で、何を言っているのかわからないマントラを聞きながら、何のためにやっているのかわからない運動をする。

それは不思議な体験だった。


周りの人が片付け始めるのに合わせ、私もマットを丸めていた。

ドミニクの足が近づき、彼女は私の前にしゃがんだ。

「Amy, how was it?」

どうだった、ときかれて困った。わからないのだ。

ドミニクの白装束もターバンも意味がわからないし、動きの一つひとつも何のためにやっているのかわからない。四つん這いになって背中をぐねぐねと動かしたり。そんなこと、何のためにするのだろう。

それに、そんなことは、私にどんな意味があるのだろう。

返事に困る私に、ドミニクは質問を変えた。

「Did you enjoy the lesson?」

レッスンを楽しんだかって？


私は、いっそう、何を答えていいかわからなかった。

楽しいというものだろうか。

私は、さっきまでの感覚を思い起こす。そして、それを表わす言葉を探す。だけど、思いつかなかった。

それは、知らないものだった。馴染みがなくて、異国的なもの。

「Foreign」

ああ、何かが引っかかった。

「Foreign」

だから、わからないんだ。


「私、これをやる。続けるわ」

しばらく沈黙していた私がそう言うと、ドミニクは首をひねった。

「エイミー、ヨガを続けたいということ？」

私はうなずく。

「あなたは楽しんだのね？　それを聞いて嬉しいわ」

安心したように、彼女は胸の前で手を合わせた。

私は首を振った。

「ううん、楽しんだかどうかはわからない。だって、これは私の知らないものだもの」

ドミニクは、意味がわからないという顔をした。

私は構わず、「来週も来ていい？」ときいた。

「もちろん」

困惑した顔で、彼女はうなずいた。


「続けるわ」が、これ以降、ずっと続くとは思ってなかった。

私は、興奮とともに帰ったのを覚えている。いつも通る道だけれど、何かが違うような気がした。何かが景色を変えて見せた。

「Foreign」

今思えば、私は、このとき超えようとしていたのだろう。
それは、どこからどこへの境界だったのだろう。
「Foreign」
馴染みがなくて、落ち着かなくさせるもの。
私は、引っ張られていたのだろう。
知らないものの方へ。
向こうへ、行くために。

Ⅱ　世界に居場所はあるか

ドミニクのクラスに通うようになって3週間が過ぎていた。だんだんと、クラスの様子にも慣れてきた。

ある日、「日本人はやっぱり時間に正確なのね」とからかわれた。先生であるドミニクよりも早く着いて、建物の前で待っていたからだ。

私はそれから、ゆっくり目に到着するように調整した。

フランス語が聞こえたと思うと、中年夫婦がドアを開けて入ってきた。2人は、ドミニクの頬にキスの挨拶をし、大げさに抱き合う。

私は、自分のマットを後ろにずらし、彼らが入れるようにスペースを空けた。だけど、彼らはそんなことに気づかないほど会話に夢中だった。

両足を開き、腕を伸ばして体を倒す。レッスン前のウォームアップなんて誰もしないけれど、ほかにすることがない。フランス人夫婦のほかには、イギリス人とドイツ人の女性2人が、子どもの話をしている。

ヨガのために使われているのは、アート教室だった。絵筆や子どもの絵画作品、さまざまなものが目に飛び込んでくる。

私は、ふと、ここにいる意味はなんだろうと思った。

痩せたいとか、柔軟性を高めたいとか、瞑想ができるようになりたいなどの明確な目的はなかった。友達がいるとか、できたわけでもない。レッスンが終わると、いつも私は、素早くヨガマットを丸め帰るのだ。

外国にいるのだから、そんな「アウェイ」には慣れていた。たいていひとりで、日本人の友達もいなかったし、誰からも話しかけられないことも珍しくなかった。

私は、おしゃべりに興じるみんなを見た。

ここに私がいなくても、誰も気にしない。

私は、それらしくストレッチする自分をこっけいだと思った。

わざわざ「アウェイ」の場所に来て、誰に何を認めてもらおうとするのだろう？

何の許可を得たいのだろう？


「Let's start our lesson」

ドミニクの声に我に返る。

みんなで呼吸法を行ない、そのあと瞑想の練習に入った。

本当は、心を無にするなんてできたことはない。こっそり目を開けた。前に座るドミニクは、堂々とした様子で目をつぶっている。ほかの生徒を横目で見ても、みな神妙な顔でピクリとも動かない。

天井のファンの音だけが、低く響く。

あーあ、と思った。

私は、また、それっぽくやろうとしていた。「ふり」をしたのだ。

急にバカバカしくなった。瞑想なんて、どうでもいいやと思った。考えごとは、いくらでも出てきてしまうのだ。それが自然じゃないか。

「アウェイ」というけれど、私の「ホーム」なんてあったのだろうか、と私は思う。

日本にいた頃は、そんなことを考える理由がなかった。

工場の煙突の見える田舎で生まれ、そこで育った。進学のために東京に引っ越した。働き始めたから、職場に毎日行った。

だけど、日本を離れたら、そんな物語は突然なくなった。慣れたものや自分を支えているように見えたものは、もうなかった。

物語から外れて、私は、宙に浮いたままでいた。

ただ、田舎だって東京だって、私には、ずっと「ホーム」ではなかった。私はいつも、そこにいる権利がないように、うっすらと感じていた。


「次は、エクササイズに入ります」ドミニクの声が聞こえた。

足を伸ばしたり腕を上げたりするうちに、いつの間にかつまらない考えは減っていた。

レッスンが終了し、いつもどおり、マットの上に仰向けになる。

ディープリラクゼーションの時間だ。

「目を閉じて、すべての力を抜く。足や腕、肩や首の力も抜きなさい」

言われた通り、順々に力を抜いていく。

天井が見えた。

高くて、白かった。

「重力に身をまかせましょう」

その声に、より力を抜く。


「ここはどこだろう」

意識では知っているのに、知らないところだ。

この白いものは、なんだろう。半ば思いながら、目を閉じた。

そのとき、体が床に吸い込まれ、重さを感じなくなった。意識と、意識が消える境界。

その間を漂っていた。

しばらく経ってからだろうか。

目を開けた。

白さ、が目に入った。


あ、ここにいるんだ。突然、気づく。

ここに、私がいる。そして私が見ている天井がある。

私がいるから、この天井がある。

私と天井は、つながったものなのだ。

すべてが物語の中に入った、と思った。
ずっとわからなかったこと。
「なぜ、ここにいるの」の答え。
「ここにいていいの」の答え。
私は世界から祝福されている。
「ホーム」

私は、この日、初めて何かに、少しだけ気づいた。

Ⅲ　未来に「Yes」と言う

私は、欠席しない真面目な生徒だった。だけど、ほかの人たちはそうではなかった。今ならわかるけれど、このクラスで教えるのは大変だったはずだ。

ヨガがやりたくて集まったのではなく、ドミニクの友人だからと集まってきたメンバーだった。ほかの用事が入ればすぐに欠席した。初心者ばかりで、ウォームアップをする人もいなかった。

代わりに、ヨガマットの上でおしゃべりをし始めた。

「こんなのできない！　私の体は、太すぎるのよ。お腹が邪魔するの」

体の大きなイギリス人女性のイライザは、お腹を触りながらおどけたように言う。

そんなとき、ドミニクは、困ったように笑っていた。

週2回のクラスだけど、参加者は減ってきた。

「来週からは、週1回になるわ」と、前に座るドミニクが目を伏せて言ったときも、驚きはなかった。

初めてから3ヵ月ほどたったある日のことだ。

レッスンを終えて帰ろうとすると、ドミニクが私を呼び止めた。

「エイミー」そう言って彼女は手に持った水筒をぷらぷらと揺らした。顔を下に向けたまま、言いにくそうにしていた。

ああ、と思った。この感じを知っている。

私の住む住宅地には、外国人がたくさんいる。夫の駐在についてきた人や子どもの教育のために来た人、インターナショナルスクールの先生たち。たくさんの外国人と出会ってきて、こういう瞬間に立ち会う。私もそうだけど、永久にここにいるわけではないのだ。外国人は、いつか帰るのだ。

「申し訳ないけど、このクラスは6月で閉じるわ。私たち家族は、ポルトガルに移ることにしたの」

そう言うと、彼女は大きな息を吐いた。

予想通りだった。私は、悲しい気持ちを顔に出さないようにした。

きくと、イギリス系のインターナショナルスクールに通う娘のローラに、そろそろフランス語で教育を受けさせたいという。

以前から「ローラは、小さい頃から英語ばかりで育ってる。そろそろフランスの教育も受けないと心配だわ」と言っていた。

ポルトガルには、フランス人のための良い学校があるらしい。

「I see」

そうなんだね、と私は相槌を打った。

ほかの人はもう帰っていて、私と彼女の2人だけだった。このアート教室の部屋は2階にあるから、下の喧騒が響いてくる。

「ローラのためによく考えて決めたことだものね。きっといいことだと思う」

私は、窓から庭を見下ろした。

「あなたがいなくなるのは残念だけど」

家族連れの子どもがはしゃいでいる。

外国に住んでいると、いつものことだ。

だけど、慣れない。そのたびに、この人にも帰る家があるのだなと思う。まともな人たちに、置いていかれるような気持ちになる。心の柔らかいところを、刺されるような気持ちになる。

だけど、別れるのも会えなくなるのも、人といればあたり前のことだ。みんな、自分の人生がある。

私は、笑顔をつくった。

「いい変化になるんだろうね。あなたのファミリーが、ポルトガルでハッピーな暮らしができるよう願ってるわ」

ドミニクは複雑な顔で私を見た。それから目をそらして、窓の外に視線を移した。

私も見る。

ペナンの空がある。ペナンの木がある。

「I will miss this place」

私はきっと、ここを思い出して、寂しく思うわ。

私はうなずく。

私もきっとそうだ。ここを去ったら、きっと帰りたいと思うだろう。きっと、ドミニクよりも、そうだろう。

私は、それ以上何を言っていいかわからなかった。

誰にも、別の人生があって、別の選択があって、そうやって生きてる。ほかの人が言えることなんてない。

私はふっと思った。

ドミニクとだって、ここを離れたら、きっともう会わないだろう。


少しの沈黙のあと、顔を上げて彼女は言う。

「ヨガクラスだけど、始めてまだ3ヵ月なのに……。こんなに早く閉じることになって、ごめんなさいね。本当は、あと1年はいるつもりだった。でも、ローラを通わせたい学校から、急に空きが出たって連絡がきたの」

ううん、と私はにっこりする。誰だって、自分にとって一番いいことをすべきだと思う。ほかの人に責任を感じる必要なんてない。

「あなたをヨガに誘って、そして続けてくれたのにね。あなたは、一番よく通ってくれた生徒だったわ」

私は首を横に振る。

「全然気にしないで。私もヨガをやれてよかったわ」

それを聞いて、彼女は顔をほころばせた。

「エイミー。実は、私はこう思うの。私の勝手な気持ちだけど、あなたのように熱心な生徒には、ヨガをやめないで欲しいの」

私は戸惑った。確かに、彼女のクラスが続くなら続けるつもりだった。だけど、私は彼女が言うような熱心な生徒ではない。たまたま誘われたから来ただけで、ヨガをやりたかったわけでもないのだ。ドミニクは、なんにも知らないのだ。

私は目をそらした。

「私は、このクラスを中途半端にしてしまうけど、でも」一度切って、彼女は続けた。「私の友達のサラが、クンダリーニヨガのクラスを持ってるわ。そこには熱心な生徒がたくさんいるの」

私は曖昧にうなずいた。

「もちろん、あなたの自由よ。だけど、私はあなたがヨガに出会ったことは良かったのでは、と思うの。あなたは、私の最初のクラスの生徒よ。私は、あなたが続けてくれたら嬉しいわ」

咳ばらいをして、私は質問した。

「曜日と時間は?」

「月曜の夜8時。ここから10分ぐらいのところよ」

正直言って、夜のクラスは面倒と思ったし、「熱心な生徒」たちの間に入るのも気が引けた。まるっきりの初心者ばかりのクラスだったから、運動が苦手な私でも引け目を感じずに続けられたのだ。


私の躊躇を感じとったのか、ドミニクは、励ますように私の肩をたたく。

「私は思うの。あなたは、絶対そこに行くべきよ」

絶対？

私は変な顔をしたと思う。

彼女はウインクした。彼女と付き合ってわかったのだけど、どうやらフランス人は、よくウインクするらしい。

「絶対よ」

なんだかわからないけど、彼女は自信がありそうだった。

「Definitely」という言葉に、私は思わずうなずいていた。

そう決まってるのよ、と言われているようだった。

彼女のクラスは、それから2ヵ月で閉じた。

彼女の言葉通り、私はそのあとサラのクラスに行く。そうして、3年後にはティーチャートレーニングに行く。

今、思う。

ポルトガルに引っ越したドミニクとは、もう連絡をとっていない。残念だけれど、なんとなく感じたとおりだった。初めのうち何度かメールをやりとりしただけで、そのうちなくなった。

私から見た彼女は、すべてに恵まれている人だった。華やかで、友達に囲まれて何の心配もないようだった。

だから、きっと自分とは疎遠になるだろうと思った。出会って友人になったことのほうが、変なことなのだろうと。

彼女が、あのとき「絶対に行くべき」と言った理由はわからない。

気まぐれかもしれないし、申し訳ないという気持ちが言わせたのかもしれない。

彼女は、今、どうしているだろう。私にそんなことを言ったのも忘れてるだろう。まだヨガの先生をしているだろうか。それとも、ほかのことをしているだろうか?

新しい生活に慣れて、私のことは思い出しもしないだろう。

だけど、思うのだ。

もし、ドミニクと知り合わなかったら？

「私のクラスに来てみない？」と言われたあのとき、ヨガなんて怖いし、と行かなかったら。

英語とフランス語が飛び交うあのクラスを「アウェイだし」とやめていたら。

「あなたは、絶対に、クンダリーニヨガを続けるべきだ」

そう言われても、聞き流していたら？

私は「Yes」と言った。

そのときには、わからなかった。何がどうなるのか。

だけど、そうした。

私は、何を信じたのだろうか。

肯定文の「Yes」。

私は、広げた手のひらを見る。
Yesということ。
何かを、信じること。
手のひらに、ひらひらと、幸運が降りてくる。

Ⅳ　両腕を広げることはできなかった

ドミニクのお別れパーティは、リゾートホテルのプールとその併設のレストランで行なわれた。明るい陽の下、子どもたちは水しぶきをたててはしゃぐ。大人は20人ほどだった。ホテルでのパーティとはいえ、南国の観光地だからカジュアルでのんびりとしている。

太陽が眩しく、サングラスを車に忘れてきたことを悔やみながら、私は、プールサイドの白いテーブルに荷物を置いた。側にきたウェイターに飲み物を頼む。

ドミニクが「エイミー」と大きく手を振った。

「そこで待っててね」そう言うと彼女は、また向こうに消えていった。

「彼女がサラ。クンダリーニヨガの先生よ」

手持ち無沙汰で立ったまま待っていた私の元にドミニクが連れてきたのは、30代前半のすらりとした女性だった。

背が高く、金髪をゆるく後ろでまとめ、ノーメイクの頬にはうっすらとソバカスが見える。余分な脂肪がまったくない腕にターコイズブルーのブレスレットを重ねづけしていた。

「Hi, Sara」

私は笑顔をつくる。

「Hi, Amy」

私たちは、握手をした。

ドミニクがサラに言う。

「エイミーは、私のクラスで一番熱心な生徒なの。あなたのクラスに入りなさいって勧めてるのよ」

肩をたたくドミニクに、私は曖昧に微笑んだ。

「歓迎よ」

サラは、はにかんだ笑顔で言った。

子どもたちの楽しそうな声が、青空に響いていた。大人たちは、ビールやワインと、ビュッフェから取った料理を置くと、座っておしゃべりを始めた。西洋人が中心だったけれど、私のほかにもアジア系の顔がぽつぽつと見えた。

私たちのテーブルは、7〜8人だったろうか。アルコールの入った会話は盛り上がっていたけれど、私は質問された時以外は静かにしていた。大勢の英語の会話は苦手なのだ。

「マレーシアにいると、私は、ジロジロと見られているような気がするのよ。外国人で、女性だからかしらね」

私の向かいにいた西洋人女性が、ワインを開けながら屈託なく言った。

あ、と思った。

〝外国人〟〝女性〟を強く発音した彼女の言い方は、ネガティブなニュアンスを含んでいた。それは、私には、差別と関係のある響きに思えた。

おそらく、ほかの人もそう思ったのだろう。

気まずい沈黙があった。

お酒の席だから不用心に言ってしまったのだろうか。それとも、もしかして、西洋人だけなら「そうだよね」とうなずいて終わり、の会話だったのだろうか。私を含めアジア人が数人いたことで、彼女の発言が気詰まりな空気を生んだのだろうか。

私は、スパークリングワインを飲んで、沈黙をやり過ごそうとした。センシティブな話題には関わりたくない。英語力に限界もあるのだ。

人種による差というものを感じるのは、もちろん初めてではなかった。ただ、このときは、西洋人である彼女から見たマレーシアが、私のそれとまったく違うものだということにショックを受けていた。

彼女の無邪気さに、私は高い壁のようなものを感じた。

「私は、そういう経験は1回もないわ」

女性の声が、沈黙を破った。顔を上げると、サラだった。

「そう？　私は、こっちを見られているように感じたわ。だって……」

女性は、もごもご何かを付け加えた。少し酔っていたのかもしれない。自分の言っていることがなぜわからないのかと不満げな様子だった。

サラは、彼女の目をまっすぐ見て、ただうなずいた。攻撃的ではなく、静かに堂々としていた。

あなたの経験はわからないけれど、「私は」そんな経験はないと彼女は言ったのだ。彼女は、事実だけを述べた。

私も含め、テーブルの誰も口を挟む人はいなかった。西洋人女性は、面白くなさそうに席を立った。

少しの緊張はあったけれど、なんとなくその話題は流れていった。サラはそれ以外ほとんどしゃべらず、静かに人の話を聞いていた。

あとでわかったのだけど、サラは、まったく社交的な人ではなかった。小さな家でひっそりと仙人のような暮らしをしていた。スウェーデン人の彼女は、東洋哲学に惹かれ、そこからクンダリーニヨガに出会い遠いマレーシアまでやってきたのだ。

「本当は暑くて湿気が多いのは苦手なのよ」と、ある日マレーシアの気候について笑いながら言っていた。

ワークショップをするというので、サラの家に行ったことがある。ひとり暮らしの小さな借家には、小さな庭があり、動物愛護団体から引き取ったという保護人がいた。足を踏み入れると、がらんとした床に、キャンドルとキャンドル立てだけがあった。テレビもソファもなく、現代的な生活とは程遠いようだった。

台所では、しんなりした葉野菜がボールに入っていた。ところどころ虫が食っているところを見ると、スーパーで買ったのではなくどこからかもらってきたのだろう。ヴィーガンなのは知っていたけれど、スーパーにすら行かないのだろうか、と驚いた。

そして、繊細すぎる人だった。

ある日、駐車場で、サラが困った顔でウロウロしているのに会ったことがある。

「どうしたの？」

「私の車、隣の車と近すぎるかしら。これじゃ、この人が車を出すときに、困るわね」

「このぐらい大丈夫よ」という私に、彼女は首を横に振った。そして、また運転席に乗り込み、何度も入れ直していた。

正直言えば、私は、サラのことが苦手だった。

嫌いというのではなく、まぶしすぎたのだ。

彼女が、お世辞を言ったり、媚びるのを見たことがなかった。目をまっすぐ向けて静かに、真剣に言葉を使った。誰に対しても態度は変わらなかった。陰口や噂話をするなんて想像できなかった。そもそも、人付き合いもずいぶん限られているようだった。

私は、サラとの話題など思いつかなかった。

彼女は、テレビも見ないだろうし流行も知らないだろう。YouTube をダラダラ見たりしないだろう。ストレスがあるといって缶ビールをあおったりポテトチップスを袋いっぱい食べたりしないだろう。

俗っぽい私とは何もかも異なっていて、そんな自分のことをしゃべれば、サラから軽蔑されそうに感じていた。

いつも、挨拶だけをした。

一方、サラは、私がスタジオに行くと、「Hi, Amy」と、嬉しそうに名前を呼んで迎えてくれた。

私は、勝手に壁をつくっていた。そんな風に、私は、ずっとサラとはうまくしゃべれなかった。それは自分のせいだった。

けれど、プールサイドで握手してから、数年のちのこと。

ティーチャートレーニングが辛くて、ひとりで泣いていた私が電話した相手は、サラだった。

彼女と会わなくなってしばらく経つけれど、今になってわかることがある。

サラは、ポテトチップスやビールを買い込んでいる私を見たとしても、決して軽蔑したりしなかっただろうということだ。

泣きながら電話したとき、彼女は「大丈夫よ」と言った。

私は思う。
サラは、信じてくれたのだ。
いつも、両腕を広げてくれていた。

私を信じていないのは、私自身だった。

Ⅴ　星空の下

サラのクラスに通い続けて、半年ほどが過ぎた。レッスンが終わり、生徒たちは片付けを始めていた。

レッスンフィーを手渡しながら、私は何気なく言った。

「このクラスに来ないと、1週間物足りない気がする。休んだ週は、何かが欠けた気分になる」

サラは、少し面白そうに私の顔を見た。

「Something missing?」

私はうなずく。運動不足とかそういうことでなく、もっと精神的なことのような気がする。それはなんだろう？

サラは、悪戯っぽく笑った。

「What's missing, Amy?」

「Well,...」

私は考える。

「I don't know what it is」

なんだかはわからない。少し考えて、私は付け加えた。

「ただ、ヨガに来られないときは、〝本当〟な気がしないんだよね」

エイミー、とサラは可笑しそうに言った。

「I think you're addicted to Kundalini Yoga」

私は思うのだけど、あなたは、クンダリーニヨガにアディクテドになってるのよ。


アディクテド。

はまる、中毒になる、依存する。それを常に求める。


何を言ってるのだろうと思った。

私は、そういう人ではないのだ。

オーラだとかチャクラだとかも信じてない。宗教的なものにも関わるつもりはない。そういうものは、誰かに騙されて利用されそうな気がする。

黙ってしまった私に、サラは優しく手を振った。

「エイミー、また来週ね」


帰り道、しっくりこない気持ちでハンドルを握っていた。

私は、ヨガに特に興味があったわけではない。たまたま誘われたから始めただけで、それまで体験レッスンすらしたことがなかった。

ヨガの先生に会ったこともなかった。身の周りに誰もいなかったし、偶然会った人がそうだということもなかった。そういう仕事の人も、存在はするのだろうけど、自分とは遠いところにいるものだった。その人たちは、私とは違うと思っていた。

それが……

クンダリーニヨガを始めて以来、何かが変わってきたのを感じる。大きなことではない。ささやかなこと。

何かが欠けていることは、わかる。

それは「何」だろう？

薄暗いお堂で、両腕を大きく伸ばしたり、火の呼吸をするときの感覚を思い起こす。

「自分」が消える瞬間のこと。

すべてが満たされる感覚のこと。

Something missing.

私は、ああ、と思う。

そうだ、私は、「欠けている」と言った。私は、クンダリーニヨガがないと、何かが欠けていると言った。

満たされている瞬間を知っているからだ。すべてに祝福され、世界に存在していいとされる幸福を知ってるからだ。

私は、大きく息を吐いた。


帰宅して荷物を置くと、ベランダに出た。月は丸い。

ヨガにはまってる人か、と苦笑する。

私らしくない。私は、運動が苦手で、人ともうまくやれなくて、非科学的なことは受け入れなくて、体を動かすより本を読むほうが好きな人だ。東南アジアに住んでヨガにはまるなんてタイプではない。


手すりにもたれ、ペナンの夜を眺める。

イスラム教のモスクは、オレンジのライトでキラキラと光っていた。人気のインド系レストラン前の道路には、たくさんの車が停まり、家族連れがぞろぞろと歩く。車の音のほかに、中国語の歌が流れてくる。誰かが、野外でカラオケをしているらしい。

日本では見なかったような景色、日本では経験してないようなことが、私の周りにあふれている。

私は、こんな光景にも馴染んでしまって、違和感を覚えない。


私らしくない、か。

ふっと可笑しくなる。

なんだろう、私らしさって？

たまたま持ってきたものを、後生大事に抱え込んで。

そんなもの、なんの役に立ってきたんだろう？

星は遠くから私を見下ろしている。
私はそれに手を伸ばす。

私らしさなんて、いらない。
そんなもの、捨てちゃえばいいじゃないか。
私は、そのために、きっと、来たのだ。

Ⅵ　境界のない世界

夜7時、タンクトップを着てトレーニングパンツを履き、片手にヨガマット、片手に水筒を持って車に乗りこむ。サラのクラスは、30分後だ。

島を縦断する大通りは、交通量も多く、高層コンドミニアムやレストランが建ち並んでいて賑やかだ。南国マレーシアではまだ夕焼けの時間で、道端に出た屋台で注文する人、夕食をプラスチック袋に入れて持ち帰る人など往来も多い。

そこから右に折れて、信号もガードレールもない細い山道に入ると別世界になる。勢いのある草が視界を占めて、その奥には広い墓地がある。その隙間に、ポツポツとトタン屋根の質素な家が見える。開発されないままのこのあたりの光景は、ずっと前から変わっていないだろう。草、墓、家。

ガタガタとタイヤを鳴らしながらゆっくりと進むと、向こうから対向車が来た。1台しか通れないような田舎道で、端に寄って待つしかない。

さて車を出そうとすると、ヤギの群れが後ろからやってきた。それが車の前にうわっと広がる。

このあたりは、牛、ヤギ、ニワトリなどで生計をたてている家がいくつもある。ずっとケージに入れておくわけではないらしく、あちらこちらで草をはんでいるのを見かけるけど、戻ってくるところに運悪くあたったのだろう。

「仕方ないな」と群れを眺めていると、1台のバイクが現われた。バイクの人は、ゆっくりとヤギの群れに幅寄せをした。いつまでも発進できない車に気づき、気の毒に思ったのだろう。

見ず知らずの人に手を貸すのは、マレーシアではよくあることだ。バイクの若者は、運転席の私をちらりと見やると、片手を上げて合図し、何もなかったようにそのまま去っていった。

仏教施設の前まで来ると、車を停める。暗くなり始めた森の中で、電気をつけたお堂は丸見えだ。壁の代わりにガラスで囲まれているからだ。

本来は、瞑想や説法をする場所だけれど、私たちのヨガクラスのために特別に無料で貸してくれていた。

「エイミー、ここに来たらいいよ」

私がドアを開けて入ると、そんな声がかかった。

スウェーデン人のサラが英語で教えるクラスだったからだろう。生徒の半分は西洋人で、その人たちは英語でしゃべっていた。残りは中華系マレーシア人で福建語を使っていた。

私は初め、その2つのグループを見たとき、どちらにも入れないだろうと思った。西洋人はわざわざ私に話しかけてこないだろうし、ローカルは英語を使うのが面倒だろうと。けれど、いつもひとりで来る私をかわいそうに思ったのかもしれない。マレーシア人たちが声をかけてくれるようになった。福建語の会話に私がぽかんとしていると、英語に直してくれた。ご飯も誘われるようになり、彼らの馴染みの店に連れていかれ「これは食べたことがないだろう」「これは美味しいから」と、どんどんおかずを入れられる。彼らは英語も話すから、実はコミュニケーションは困らないのだ。

そんなことに、私は慣れていくと同時に不思議にも感じていた。

日本にいた頃、私は親しい友人がいなかった。きっと自分に原因があるのだろうけれど、子どもの頃の友人も、学生時代の友人もひとりも残っていなくて、すべて疎遠だった。日本語をしゃべって、同じような経験をしているはずなのに、私は人と親しくなることができなかった。

それなのに、サラのクラスでは、文化も習慣も経験も共通点がなく、言葉も違う人たちから「ここにおいで」と場所を空けてもらえるようになっていた。彼らは、私のことをよく知らないのに、だ。

サラのクラスに通うようになって、言葉や国籍という境界が、ぼんやりしたものに見えるようになった。私は、いつの間にか、そんな場所にいた。

不思議な場では、不思議なことが起こる。

開始の時間が近づいた。

いつものように、サラは、生徒に向かい合うように前に座る。薄暗いお堂の中、前方のサラには柔らかい電球の光が当たっている。

その後ろには、ブッダの顔の大きな絵が立てかけてある。私の位置から見ると、ブッダが私たちを見守っているようにも見える。

サラは、すっと息を吸うと「始めるわ」と言った。

「ゆっくり息を吸って、ゆっくり吐く」サラが指示する。

クンダリーニヨガは、目をつぶって行なう。「第三の眼」と呼ばれる眉の間に意識を集中し、激しい動きをしながら瞑想状態に入る。

そうすると、身体は、動いているのか、動かされているのかわからなくなる。マントラは、唱えているのか、唱えさせられているのかわからなくなる。

意識と身体がひとつのものになるのだ。


呼吸も、動きも、マントラも、意識もひとつになる。

世界と私の境界は溶ける。

過去の嫌な記憶も、未来の心配も、隙間に落ちていく。

「今、ここ」には、場所も時間もない。意識も、溶けてしまう。


「Make a corpse pose」

死体のポーズをしなさい、とサラの声が遠くで聞こえる。

そう。私たちは、死んだふりをする。死と生は境界を失くす。
電気が消されて、ジジジジと虫の声を聞く。横たわる私たちのガラスの向こうは、月の光と虫の声。境界を越え、光と音が私たちを守るのだ。

Love to all.
すべてのものに愛を、という声が聞こえる。
境界のない世界に、私は横たわる。

レッスンを終え、ハンドルを握り車を走らせた。
道、街路樹、車、人。
いつもの風景なのに、初めて見るもののように眩しい。
月も木の葉も道路も信号も対向車のライトさえ、明るく美しい。

戻ってきたのは、元の私ではない。

Ⅶ　私は、私に与えよう

「今日で終わりね」

そう言って、サラに強くハグをする生徒がいた。

インターナショナルスクールの先生で、３年間の契約が終わりイギリスに帰国するのだという。サラと会話したあと、彼女は片付けをする私のところにやってきた。

「今までありがとう」

そう言って彼女は私に手を差し出した。

「こちらこそ。これからの幸運を祈るわ」

私も手を握り返した。

どことなく嬉しそうな様子に、私は、彼女は帰りたかったんだなと思う。

「エイミー、あなたもいつか帰るでしょう？」

当然のように言われて、私は口ごもる。いつ帰るかなんて、決めてない。ペナンにいることに私は慣れてきていた。

彼女は、じゃあ、と手を離し、ほかの生徒に挨拶をしに行った。

サラの方を見ると、特に悲しそうというわけではないけれど、何かを考えているような顔をしていた。


私の住む地域は、外国人が多い場所だ。1年に何回も、誰かの帰国が決まったという知らせを聞いた。そのたびに、落ち着かない気持ちになった。

一年中季節が変わらないペナンにあって、それは時間の経過を感じさせるものだった。


「サラは、まだしばらくいるよね?」

駐車場までの道で、私は、ローカルのクラスメイト、シュウランに声をかけた。

どうかなあ、と彼女は言う。

「サラが来てからもう4年だし。いつ帰ることになっても不思議じゃないと思う」

私は、うーん、と返事をした。

「サラがいなくなっても、ヨガを続ける?」

シュウランがきく。

そんなことを考えたことがなくて、私は、思わず足を止める。

「代わりの先生がいれば、続けるかもしれないけど……」

そう、と彼女は引きとって、そのまま歩いた。ザク、ザクと足元の石が音を立てる。

車のドアを開けながら、私はきいた。

「あなたは、サラがいなくなったらヨガをやめるの？」

彼女は車に乗り込みながら言う。

「わからないけど、サラだから、今までやってきたんだよね」

私はうなずくけれど、何かがひっかかった。


次の朝、近所のインド系の食堂に向かった。半分屋外の庶民的な店で、いつもの席に座る。扇風機をつけると、顔見知りのインド人店員がこちらを見てうなずいた。

香ばしく焼かれたドーサを前に、私は前日の会話を思い出していた。

プールサイドでサラと出会ってから2年が過ぎ、私は毎週休みなくクラスに通っていた。「addicted」と言われたときは戸惑ったけれど、結局、彼女は正しかったと思う。私は、クンダリーニヨガをすることがあたり前になっていた。


サラが去ったとして、引き継ぐ先生がいなかったらどうだろう、と私は想像する。

私は、自分がその暮らしにも慣れていくのをありありと感じた。「先生はいないのだし仕方がない」とすぐにあきらめるだろう。

日々の生活に流されて、「まあいいや」と薄ら笑いをするだろう。

いつか「ヨガやってたなんて信じられない」と言うだろう。

「精神世界とか、おかしいよ、普通じゃないよね」と言うだろう。

「あそこには何にもなかったよね」と忘れたふりをするだろう。

「もともと私はそういう人だもの」「ヨガなんて興味なかったもの」と言うだろう。


私は、それでいいのだろうか。本当に、それで。

ここまで来たのに。私は、やっとここまで来たのに。


ずっと、サラのクラスで感じていた「完全」。

私は、あんな感覚を知らずに生きてきた。

私は、サラがいなくなったらそれを失う。だって、それは、サラが与えてくれるのを待っているだけだったから。

私は、自分で自分に何も与えないから。

私は、顔を上げた。


この食堂の店員は、いつも変わる。インドから出稼ぎで来る人達だからだ。私は、同じところにいて、同じものを食べているようだけれど、時間は過ぎているのだ。


クンダリーニヨガを知ろう。

私は急に、そう思った。

自分で自分に与えるのだ。誰かに与えてもらうのではなくて。


私は、大きく息を吐き光の方を向いた。

ペナンの木は空に向かい伸びていた。

南国の空気は、私に、大事なことを思い出させる。

私の内側にまだおびえた子どもがいるなら、その子に与えるのは私だ。

がんばれって言うのは、私なんだ。

ほかに、いないじゃないか。

*

それから1年後の年末、私は、クアラルンプールで行なわれるヨガのティーチャートレーニングに申し込んだ。

それを伝えると、サラは両腕を広げ私を抱きしめた。

「なんて素晴らしいのかしら、エイミー」

トレーニングまで数ヵ月となったある日、サラからメールがきた。

親愛なるヨギーたちへ
いつもヨガに来てくれてありがとう。私は、ペナンで5年間、クンダリーニヨガを教えてきました。この5年、私はとても幸せでした。
私は、あと3ヵ月でスウェーデンに戻ります。あなたたち一人ひとりが、私の人生を豊かにしてくれました。

一緒に過ごした時間を忘れないでください。
私は、あなたたちとペナンで過ごした日々を、一生の宝物にします。
これからもクンダリーニヨガを続けてください。
あなたたちを愛しています。

Love, Sara

胸がつぶれるような気がした。
いつかはこの日がくるのを知っていた。
どんなこともいつか終わる。

だけど、私は、間に合ったのだ。
決断するより前に、サラが行ってしまわなくてよかった。
サラの言う3ヵ月後は、ティーチャートレーニングの1タームが終わった頃だった。
サラに、ありがとうと思う。
私は、ティーチャートレーニングに申し込んだときですら、ヨガを教える仕事をしようとは思っていなかった。半年間のトレーニングは、ホテル代や旅費も含めると相当な金額になる。だけど、私は、先生にならないと損するなんて思わなかった。

あなたが教えてくれた「完全」。
これからは、自分で自分に与えられるようになる。
私は、何かが続くと信じる。
私は、そんな風に生きるんだ。

あなたは、私に何かを残した。
だから、大丈夫。
あなたが去っても、大丈夫。

これからは、私は、私に、与えていくのだから。

第二章　光

Ⅰ　外の地

ティーチャートレーニングの日が近づいてきた。

いつものレッスンが終わり、片付けをしていると、ロビンがせかせかと近寄ってきた。

「エイミー、トレーニングに行くんだって？」

サラに聞いたのだろう、と私はうなずいた。

ロビンは、金髪に青い眼のオランダ人女性で、背がすらりと高い。10数年前までは、大きなファッションショーにも出るモデルだったという。

「クアラルンプールまで、何で行くの？」

「まだ決めてない」

「じゃあ、私の車に乗ってもいいよ。カレンとエリーもそうするって」

返事もろくに聞かず、さっと手を上げると、彼女はいつものように足早に帰っていった。

初めて会ったときに、英語での返事が遅い私に面倒になったのか、話をさっと切り上げた。

それ以来、私は気遅れして彼女と話すことはほとんどなかった。

彼女といると、いつも自分が、のろくて鈍い人のような気がした。


待ち合わせ場所に、ロビンは大きな黒のＢＭＷで登場した。カレンとエリー、私を乗せて、最初は順調だった。

ところがその日は、スクールホリデーの最終日で高速道路は渋滞していた。

「普通だったら2時間で行くのに」

ロビンは明らかにイライラしていた。

カレンが「しょうがないよね。音楽でもかけようよ」と言ったけれど、車内の空気は緊張していた。


結局、夜11時を過ぎた頃、クアラルンプール郊外にあるヨガスタジオの近くに着き、それぞれのホテルに向かった。夕食をとることもできなかったけれど、空腹よりも気持ちの疲れのほうが大きかった。

スーツケースをヨタヨタと持ち上げながら、受付でチェックインした。カードキーで入ると、暗くて狭い部屋にため息が出た。

シャワーを浴びて、ベッドに横たわった頃には1時になっていた。4時の起床まで3時間しかない、と目覚ましをかけた。体は疲れているのに、神経が張りつめているようで目をつぶっても全然眠れなかった。


早朝午前4時40分は、まだ真っ暗だった。あちらこちらから、同じようにマットを抱えた人たちのシルエットが浮かび上がってきた。

狭い階段を上り、2階のスタジオの入り口に立った。靴を脱ぎ、ドアを開ける。


目の前には、ターバンを巻いた大柄なインド系男性が立っていた。口元に軽く笑みを浮かべた彼は、私を見ると手を合わせ、何かブツブツとつぶやいた。戸惑いながら、あわてて手を合わせ頭を下げる。

それから、教えられたようにロッカーに荷物を入れ、奥のスタジオに進んだ。

薄暗い室内には、お香の香りがうすく漂っていた。まばらにマットが敷かれている中で、どこに席をとろうかとウロウロしていると、前の方にロビンを見かけた。

そのすぐ後ろに座る。

「昨日はありがとう」

小さな声で言うと、彼女は無言でうなずいた。

スタジオの中は、しんとしていた。すでに15人ほどの参加者が集まっていたけれど、誰もが緊張しているようだった。

指定されたように白の上下の服を着て、全員がターバンを巻き、下を向いたり水を飲んだりしている。


西洋系の女性が前に立ち、ソフィアと名乗った。ヨガティーチャーであり、このスタジオの責任者だという。

ヨガが始まった。

部屋の緊張は、少しずつほぐれてきた。

いつもの動きを行なうことで、ようやく私もリラックスしてきた。ほかの人もそうだったのだろう。室内にぎっしりと40人ほどがいたけれど、それぞれの表情は穏やかになってきた。ヨガが終わると、話し声も聞こえ始めた。

自己紹介は、窓際から始まった。

「私は、レベッカと言います。ロシアの出身で、今はタイのプーケットに住んでクンダリーニヨガやほかのヨガを教えています。基本を思い出したいと、もう一度コースをとることにしたんです。みなさん、どうぞよろしくね」

堂々と言うと、彼女は笑顔をつくった。初めての人ばかりと思ったのに、そういう人もいるのかと驚いた。そのあとも、ほかのヨガを教えている人、医療系の現場にいた人などさまざまな経歴の人たちが自己紹介をした。

窓際の列が終わり、次の列に行く頃には、私の頭の中は、自分が何を言うかでいっぱいになった。ほかの人の言うことを聞いている余裕はなくなって、胸がドキドキし始めた。

「次だ」

ぐっと手で床を押して立ち上がった。

「私は、エイミーです。ペナン島に住む日本人です。クンダリーニヨガが好きで、自分でできるようになりたくて申し込みました」

声が震えた。心臓のバクバクという音が聞こえるようだった。英語で挨拶をするだけなのに。

私は、ほかの人の顔も見ず、下を向いてすぐに座る。

自分の番が終わると、ようやくほかの人たちを観察する余裕ができた。あれ、と思う。私以外の人は、緊張していないどころか、しゃべることを楽しんでいるようだ。

30人以上の生徒たちが自己紹介を終えた後、ひとりの西洋人男性が前に立った。背が高く190センチほどありそうだ。伸ばした白い髪を後ろでひとつに結び、髭は胸まで届いていた。

トニーと名乗った彼は、オランダ人で、現在はネパールに住みクンダリーニヨガや瞑想を教えているという。年に数回、ティーチャートレーニングがアジアのどこかで行なわれる際には、すべて彼が統括しているそうだ。

ソフィアが手招きし、後ろにいた2人の講師を呼んで紹介した。

入り口で合掌で迎えてくれたインド系の男性が、ラディ。その隣にいるふっくらとして優しそうなアメリカ人女性は、彼の妻だった。2人は夫婦でヨガを教えているという。

ソフィアは、そのほかにスタッフを紹介し、私たちに向き直った。

「あなたたちは、ここで、クンダリーニヨガの先生になるために必要なことを学びます。それはきっと、人生を変えるような経験になるでしょう」

国際的な場で、肌の色や髪の色もさまざまだった。共通していたのは、新しいことが始まるという興奮に目を輝かせていることだけだった。

空が明るくなり、カーテンの隙間から光が射した。

「朝ごはんは、階下のカフェになります。そこで互いに知り合うといいでしょう」

ソフィアが時計を見て言った。

テーブルについた私は、きょろきょろとあたりを見回していた。カフェの壁には、クンダリーニヨガの指導者の言葉が額に入れて飾られていた。

クンダリーニヨガは「宗教ではない」と明言されている。けれど、ティーチャートレーニングの場は、私の思う「宗教性」がたくさんあった。白い服やターバンを身につけ、肉やアルコールは禁止、それにお祈りをすることなどだ。

生徒の国籍だけでなく、宗教もバラバラで、キリスト教、仏教、シク教、ユダヤ教などさまざまだった。彼らがこの状況をあたり前のように受け入れていることに、私は素朴に驚いていた。

「エイミーは、なんの宗教を信じてるの？」

そんなことを数人からきかれた。日本にいたときは、そんなことをきくのはタブーだと思っていたのに。

バックグラウンドは異なっても、みんなは食事をしながら、楽しそうに自己紹介をしてその場に馴染んでいっているように見えた。一方で私は、サラダを少しずつ食べながら、この時間をどうしようかと考えていた。

チラチラと時計を見て、講義の時間が始まるときには、むしろほっとした。


ところが、講義すら、私の思ったようなものではなかった。

ヨガの歴史について、トニーが概要を語っていたときだ。

「それはどういう意味ですか？」

ひとりの生徒が、突然トニーに質問した。

一生懸命にノートをとっていた私は、それを中断されて顔を上げた。

邪魔をされたはずなのに、トニーは快く質問に答えた。

そうすると、ほかの生徒が別の質問をした。手を挙げるわけでもなく「私にはわからなかった」というのだ。

日本の学校だったら、無礼とされるようなことだ。

私は、ぽかんとしていた。

そして「ああ、そうか」とやっと思いあたった。

ここはインターナショナルな場で、日本とはルールが違うのだ。口を挟んでも失礼ではないし、もしかしたら、無言でノートをとるだけよりも、そのほうが積極的でよいこととされているのかもしれない。

私は、ますますこの場が怖くなった。

休憩時間になった。疲れてしまった私は、マットに座ったままでほかの生徒の様子をぼんやり眺めていた。

ストレッチをする人、目を閉じて休む人、スマホをチェックする人、チョコレートをかじる人、隣の人と話し始める人……。

生徒の国籍は15ヵ国ほどだと聞いていた。

英語が苦手な人は誰だろう？　たぶん3人。ひとりは、フランス人の40代女性。もうひとりは、中華系マレーシア人でおとなしそうな人。そして私だ。

それでも、フランス人女性はほかの西洋人と楽しそうにしゃべっている。インターナショナルな場は慣れているようで、臆している様子はない。

マレーシア人の彼女は、中華系だから、中国語で助けてもらえるだろう。実際、自己紹介では消え入るような声だったのに、休み時間になったら、中国語で元気にしゃべっている。

日本人は私ひとりで、日本語で助けてもらうなんてもちろんできない。

私は、これから1週間、この中にいなくてはいけないのだ。大きな失敗をしたかもしれない。

どう考えても、一番どうにもならなそうなのは私だった。


どうして、なんとかなるような気がしたんだろう？

自分の楽天性に、心の中で苦笑した。私は、留学もしたことがなかったし、英語を使った仕事の経験もなかった。

英語の勉強だって、海外ドラマとオンライン英会話だ。それらは、安全な部屋で、客として安心していられたから、恥をかくことすらなかった。

実際の場とは違うのだ。

インターナショナルな場所なんて、本当には、私は来たことがなかったのだ。

私はここで初めてわかった。
こんなところでやっていける気がしない。
もう帰りたい。
こんなことだとは思っていなかった。
不安で押しつぶされそうだった。
そして、そんな予感は当たっていたのだ。

トレーニングが始まって、私は、焦りを感じていた。どれほど英語ができないかというのがわかったのだ。英語を勉強するのと、使いこなすのはまったく別のことだ。愚かだけれど、この場にきて、初めてそのことに気づき愕然としていた。

「日本人はシャイだから」とか「完璧主義だから」英語が話せないんだ、という言い方があるけれど、自分の状況にはあてはまらなかった。そもそも、会話のスピードについていけない。自分の考えをまとめているうちに、次の話題に移ってしまう。言葉を自由自在に使えないから、自分の意見なんて言えない。

話そうと口を開く。言葉は、なかなか出てこない。結局、黙る。

出さなかった言葉は、舌に残る。

一番堪えたのは、グループワークだ。

2日目に、プレゼンテーションの課題があった。

与えられた番号ごとに、私たちはグループに分かれた。ワイワイと、互いに名前を確認しあう。新しい出会いとタスクで、はしゃいだ空気が部屋を満たしていた。

「最初の5分で、テキストをひとりで読もう。それが終わったら、ポスターをつくり始めよう」

円になったとき、イギリス人のジョアンナが言った。

グループのみんなは、さっとテキストを広げて黙々と読み始めた。

ほかの人と同じように、私も膝の上に本を広げ、片手にペンを握った。

開いたページには、知らない単語がたくさん並んでいた。ずらずらと並ぶ英文の意味がとれない。私は、額に汗が出てくるのを感じた。

「役割を決めよう」

ジョアンナが提案する。医療系の仕事をしていた彼女は、解剖学は得意分野だからと、グループのリーダーに立候補したのだ。

「ポスターつくるの、やりたい人はいる？」

制限時間は20分だから「テキパキやろう」という暗黙の了解があった。4人がさっと手を挙げた。

「発表をやりたい人は?」きびきびとジョアンナが言う。2人が手を挙げた。

私以外の人のほうが上手にできるのだから、私が手を挙げるのはおかしいと思った。足を引っ張るだけじゃないか。私は、何も役に立たない。

「Well,...」

ジョアンナがこちらを見ていた。ああ、そうだと我に返る。何もしないで座っているわけにはいかない。あたり前じゃないか。参加しなくてはいけない。

私は、顔が赤らむのを感じた。

「あの、やっぱり、ポスターつくりに入っていいかな?」

消え入りそうな小さな声で言った。恥ずかしかったし、惨めだった。ポスターに貢献できるはずがないけど、みんなの前で発表する役なんて、もっと無理だからそちらにした。仕方がないから、逃げられないから、せめてできるだけ目立たないようにと思ったのだ。

私は、下を向いた。

「日本語だったらできる」

心の中で思うけれど、言っても仕方がない。

そんなことは、よくわかっている。
私は、この場で必要とされることができない。
それは事実なのだ。
私がここにいてもいなくても、誰も興味がないことも。

「本当の私は、違うんだ」
そんな言葉は、どこにもいかない。

Ⅲ　笑えなくなっていく

「ティーチャートレーニングはすごいのよ」

ドミニクもサラもそう言っていた。

「どんな風に？」

私がきいたとき、ドミニクは大きな笑顔を見せてこう言った。

「It’s a life changing experience」

人生が変わる経験なのよ、と。


「説明できないわ。行ってみたらわかるわよ」

サラは、トレーニングに申し込んだ私にそう言った。

首をかしげる私に、こう付け足した。

「エイミー、きっと素晴らしいことが起こると思うわ」

そうかもしれないと、そのときは思っていた。

ティーチャートレーニングの1週間、ほぼ同じスケジュールだった。

朝は4時起床。シャワーを浴びて、白い上下の服を身につける。5時にはスタジオに着き、30分のお祈りを行なった。クンダリーニヨガにお祈りがあるなんて知らなかった。けれど、このスタジオに来ている人たちは慣れているらしく、サンスクリット語らしいマントラまで唱えることができた。私のようにまったくわからない人は、姿勢を正して聞いていた。

薄暗い中で知らない言葉を聞いていると、宗教儀式に参加しているような気持ちになって、自分は何をしているのだろうと思った。何も信じていないのに。

マレーシアの朝は遅い。ヨガが終わる7時半、ようやくカーテンの布地を通して光が漏れてくる。窓際の生徒がカーテンを開けると、光が眩しい。クアラルンプールの街中が見えると、日常の風が入る気がして安心した。

朝食と昼食はベジタリアンカフェに移動する。肉食もアルコールももちろん禁止されているし、それに疑問を唱える人もいなかった。

講義は夜7時近くまで続き、それからも、多くの人は一緒に夕食をとった。私も、他人といるのがつらかったけれど、車はないし、結局、誰かと一緒に食べることになった。

私は、どうしてここに来てしまったのだろうと思っていた。

お祈りや瞑想に不慣れだったし、朝から晩まで気を張っていた。

「私は、何をしているんだろう」

「もう、帰りたい」

1日の中で、何度もそう思った。


みんなの一員であるという気もしなかった。仲間でないのに、そうであるふりをしているような気がした。張り付いた笑顔でなんとかやり過ごそうとする自分は、嘘つきのような気がした。

そんな自分を、もうひとりの私は痛々しく眺めていた。

「帰りたい」

そう何度も思ったけれど、私は、どこに帰りたかったのだろう?

日本には家はない。マレーシアに引っ越すときに、ほとんどのものは処分していた。

私は、どこにも居場所がない気がした。

どこが素晴らしいんだろう？

どこが人生を変えるものなのだろう？

こんな毎日に、私は、だんだん、笑えなくなっていった。

そして、眠れなくなっていった。

Ⅳ　I'll be okay.

ネットで見たときとは、ずいぶん印象が違った。

スタジオすぐの簡易ホテルの部屋は、シンプルだけど清潔そうに見えた。１泊２０００円なのだから、贅沢は言えない。シャワーとベッドがあり、一人で泊まれるのだから文句はないと予約したのだ。


けれど、初めてドアを開けたとき、私は「あ」と思った。

壁のスイッチで、電気をつけた。

窓のない部屋は息苦しく、壁が迫ってくるようだ。

中央に置かれた質素なパイプベッドと壁にはほとんどスペースがない。枕元の小さなテーブルは、両手ぐらいの大きさしかない。それでも書きものはできるだろうと見ると、小さな茶色の蟻が列をなしていた。列の先を見ると、テーブルの下のシミのある絨毯に続いている。

そこには、巨大なゴキブリの死骸があった。ひっくり返って上を向いているところを見ると、誰かが殺虫剤を使い、そのままにしたのだろう。

毎晩、この部屋に辛い気持ちで戻った。シャワーを浴び、頭にタオルを巻いたままベッドの上でテキストを広げた。

気持ちは焦るけれど、文字が頭に入らなかった。

疲れて、疲れて、どうしようもなかった。

ずっと大勢の他人と一緒で、神経がすり減るのだ。他人といるのが苦手だし、すべてのやりとりは英語だし、ついていくのがやっとで、劣等感と悔しさで心はいっぱいだった。

ひとりになりたいと、夜、足を引きずって部屋に戻るけれど、狭くて暗い部屋はより惨めな気持ちにさせた。蟻もゴキブリもいなくならない。湿気のあるみすぼらしいベッドは、神経をささくれさせる。

シャワールームには、時々、生きているゴキブリすら見つけた。それを水で流すことさえできないほど、私の心は弱っていた。

予習ができないなら、諦めて寝よう。せめて、疲れをとって、明日はいい日にするんだ。

そう思い、無理に瞼を閉じるのだけれど、眠れなかった。

毎晩、2時間程度しか眠れなくなった。

こんなことは、初めてだった。


私は、寝返りを繰り返し、スマホの時計を見る。1時を過ぎていた。起床まで3時間しかないと、じりじりとした気持ちになる。

13時間のトレーニングを明日も受けるのに。講義にもしっかり集中したいのに。

泣きたい気持ちが襲ってくる。

廊下を歩く足音と人の声が聞こえる。マレー語のようだ。隣の部屋のドアが開く音とシャワーの水音がする。壁が薄いから、鼻歌まで聞こえる。


寝返りを繰り返し、とうとう2時になった。あと2時間で起床なのに。

立ち上がり、室内をうろうろと歩く。ドアの隙間から入る光だけで室内が見えるほど、目が暗闇に慣れていた。

イライラしていた。このホテルに着いて以来、ろくに眠っていない。途切れ途切れだから、休んでいる気がしない。

不眠だけが問題ではなかった。

横になると、その日一日のことが頭に浮かび、辛くなり、涙が出るようになった。

1日分の疎外感と劣等感。

ひとりになると、いろんな思いが溢れてきた。


私は、この部屋で、よく声をあげて泣いた。

もう、中年のいい大人なのに、安ホテルに泊まってひとりで泣いてる。何してるんだろうと思うけど、涙は止まらない。

自分の無力さ、孤独、誰からも認められないこと。そんなことが辛くて、精神的にまいっていたのだろう。

毎晩、ベッドで長い時間泣いた。

そんなこと、みっともなさすぎて誰にも言えなかった。

自分でもどうしていいかわからなかった。


そんな風で、もう5日目だった。

私は、限界に近かったのかもしれない。

サラのことを思い出した。

なぜか、サラだと思った。彼女と知り合って3年で、先生としては尊敬していたけれど、個人的な話はしたことがなかった。

私には、遠い人だったのだ。

私は、スマホに手を伸ばした。


「Hi, Sara. It's Amy」

「Amy?　Hi! How are you?」

サラは、いつも通りの深い優しい声だった。

「急に電話してごめんね。今、話しても大丈夫?」

「もちろんよ、どうしたの?」

初めての電話が夜中だということにも、私の様子がおかしいことにも驚いただろうに、普段と変わらない声だった。

私は、急に、すべてを打ち明けたくなった。

ねえ、と私は早口で言った。

「あなたも知ってる通り、私は、今、ティーチャーのトレーニング中でクアラルンプールにいるのよ」

サラは相槌を打つ。

だけど、と急に声が詰まった。涙が溢れてきて、慌ててティッシュをたぐり寄せた。涙を拭いて鼻もかんだ。

「全然、眠れないのよ。もう5日。毎日2時間ぐらいしか寝てないの。こんなこと初めて。眠れないと不安になる。明日も明後日もトレーニングが一日中あって、朝4時に起きなくちゃいけない。早く寝るべきと知ってるのよ。なのに、どうしても眠れない。目をつぶっても無理なの。辛い」

ああ、とサラは言った。

私は止まらなかった。

「私は英語が苦手なの。ついていけない。それなのに、夜も眠れなくて、余計に集中力もなくなる」

「English？」急にきき返されて、私はうなずいた。

「そうよ、英語」

「エイミーが？」

サラは、少し笑って言った。

「あなたは大丈夫よ」

私は文句を言う勢いを失って戸惑った。

「ともかく、私、どうしていいかわからない。せめて、眠りたいの」

自分が泣き声になっているのがわかった。

サラだって、本当は驚いたと思う。普段は距離をとっている私が、突然、電話をかけてきて泣いてるのだから。だけど、彼女はそんな様子を一切見せなかった。


少しの沈黙のあと、彼女は、私の名前を呼んだ。

「エイミー」

優しくて低い、包むような声だった。

「You'll be okay」

あなたは、大丈夫よ。

安心させるように、サラは言った。

「エイミー。心配しないで」

私はうなずく。

「あなたが眠れるように、私はレイキを送るわ」サラは続けた。「だから、泊まっている場所の住所を教えて。その番号に送る」

私は、面食らっていた。でも、涙が引っ込んだのがわかった。

「ありがとう」と言ってホテルの住所を伝えた。電話を切って、少しだけ可笑しくなった。レイキか、サラらしいなと思う。ふふ、と泣き笑いになる。

サラのレイキは、効いたのかわからない。

少しは眠れたけど、またすぐに目が覚めたから、関係ないような気もする。

でも、サラがいつものサラで、よかった。

レイキを送ってもらった日の朝。

4時になって、私は、シャワーを浴びた。やっぱりほとんど眠れなかったけど。今日も一日辛いかもしれないけど。

最後までトレーニングを続けようと思った。

私は思い出したのだ。
サラは、思っていることしか言わない。
初めて会ったときから、ずっとそうだった。不器用で、正直な人。
だから、私はきいたのだ。
私を、信じてくれる人に。

I'll be okay.
私は、きっと、大丈夫。

V　海の上、光の橋

私たちは円形に座り、この1週間に感じた思いを語り合っていた。1タームの最終日、最後の講義のことだ。

「素晴らしい経験だった」と涙ぐむ人を見ながら、私は、早く終わればいいのにと思っていた。居心地が悪くて仕方なかった。

「車をまわしてくる」

そう言って、ロビンが先に出ていった。スタジオの前の道路で待っていると、スーツケースを引いたカレンが降りてきた。

「ロビンの車で帰るよね？」

私がきくと、カレンは首を横に振った。

「家族と空港で待ち合わせなの。そのままインドネシアに行くわ。娘たちのスクールホリデーだもの」

イギリス人の夫とかわいらしい娘たちとの写真を見たことがあった。

そう、と私はうなずいて「Enjoy your holiday」と決まり文句で切り上げようとした。

カレンは、「ねえ」と切羽詰まった様子で私の顔をじっと見る。「なに？」と言うと、ためらいながら彼女は口を開いた。

「エイミーは、本当にクンダリーニヨガのティーチャーになろうと思ってる？」

「どうして？」

質問の意図がわからず、私はききかえした。


カレンは、周りに人がいないのを確認すると、小さな声で言った。

「私は、どうしようかなと思い始めたの」

私は曖昧にうなずいた。

「ヨガそのものは好きよ。私は、若い頃からハタヨガをやってるし、教えていたこともあるわ。だけど、クンダリーニヨガって、けっこう変わってるじゃない。宗教的だし」

Tシャツから出た彼女の上腕を見る。日焼けして鍛えられている。アクティブな彼女は、週に何度もジムに通い、水泳やピラティスもやっていると言っていた。

「クンダリーニヨガを極めるって、私が思っていたのと違うわ。早朝からお祈りとかするし」

彼女は、少し顔をゆがめた。

カレンもそこに違和感を覚えていたのだと思った。あのお祈りは、任意であって、講座の単位には数えられない。だけど、実際にはほぼ全員が参加していた。

「お祈りだけじゃないわ。こうしてはだめとかああしてはだめとか、いろいろ決まりもあるし。私は、そんな責任を負う自信がないわ」

その通りだ、と口が動きそうになった。私だって、この場からすぐ去りたいと思っているのだ。

だけど、なぜかそうは言えなかった。

もう一方の私が、それを引き留めているようだった。

私の沈黙をどうとったのか、彼女は首をすくめるとスーツケースを持ち直した。

「See you next term」

ロビンの車が目の前に停まり、サングラス姿の彼女が窓を開け、トランクに荷物を入れるように促した。

エリーが助手席に、私は後部座席に座った。

シートベルトをはめながら、私は、1週間のことを思い起こした。毎晩泣いて、劣等感や惨めさで眠れなくなった。

もういい大人なのに、いたたまれなさや疎外感をこんなに生々しく感じるとは思わなかった。私は、いまだに、子どもだった頃の自分と変わっていないのかもしれない。

だけど、と私は窓の外を見て思う。

とにかく乗り切ったのだ。ゴキブリのいる暗い部屋で寝返りを繰り返すことも、自分のできなさに涙を流す日々からもいったん離れる。

ここから、とうとう離れるのだ。


「やっと終わったよね」

助手席のエリーの声にハッとした。

あわてて運転席のロビンに声をかける。

「ありがとう、ロビン。運転も大変でしょう?」

来るときには、何時間も運転させることになってしまって申し訳なく思っていた。それなのに、私は自分の思いに浸っていたのだ。

「いいよ、どうせひとりだって車に乗るんだから」

ロビンはサングラスを上げて機嫌よく笑った。こっちに来るときの気まずさを思い出し、彼女のほがらかさにほっとする。文化の違いかもしれないけれど、彼女は、思ったままを表情に出す人だった。

「あなたたちは好きかわからないけど」

そう言ってかけたのは、クラブミュージックだった。彼女は楽しそうに、音楽に合わせてリズムをとり、歌い始めた。


「休憩をとらなくて大丈夫？」

しばらくしてから、私はロビンにきいた。

「大丈夫」と彼女は笑う。「ここは慣れた道だからね」

「チャーリーと付き合ってたとき、いつも家とペナンを往復してたもの。あの頃は若かったからできたんだよね。金曜の夜にチャーリーに会いにペナンへ行って、月曜の早朝には向こうを出て、そのまま職場に戻ってたんだ」

クアラルンプールでファッションモデルをしていた彼女は、会社を経営しているイギリス人のチャーリーとパーティで出会ったという。その頃のロビンは、本人いわく「痩せすぎ」で、夜はクラブに行き、アルコールを浴びるように飲んでいたという。

「あれはあれで楽しかったたし、後悔はしてないけど。チャーリーとも出会えたし」

ふうん、と私は相槌を打つ。

「でも、あんな生活はもうしない。タバコも1日2箱も吸ってたんだよ。今考えたら信じられない。それからもなかなか止められなくてさ。もちろん、子どもたちの前では絶対に吸わないようにしたけど」

近所に住んでいるから、ロビンとその家族を見かけることがよくあった。

裕福な西洋人ファミリーというだけでも目立ったけれど、華やかなロビンに似た子どもたちもモデルをしていて、家族でいると、雑誌から抜け出たようだった。

3年間同じクラスだったけれど、いつも人の中心にいる彼女と私はあまりに違いすぎて、私はほとんど話をしなかった。ロビンからしても、英語が苦手な私に話しかける理由もなかったのだろう。

「タバコを止められたのは、クンダリーニヨガのおかげなんだ。だから、私はティーチャーになろうと思ったんだよね」

そうロビンが言うと、看護師だったエリーは深くうなずいた。

「タバコは良くないよね」

いかにもエリーらしい返答だ、と私は笑いをかみ殺した。


ドライブインで休憩し、コーヒーを飲む。

そういえば、とエリーが話を振った。

「トニーの講義、どう思った？」

「心を動かされた！　やっぱり、トニーはすごい」

大げさに手をたたいて、ロビンが言う。


それから私たちは、この1週間のことを話し始めた。

先生のこと、講義の内容。ほかの生徒のこと。

何に感動して何に違和感を覚えたか。疑問に思ったことは何か。

話題は、今までの人生についてにも及んだ。

ロビンとは今まで、とても距離がある気がしていたけれど、いつの間にかたくさんのことをしゃべっていた。それは、彼女もそうだったと思う。エリーとはすでに話をする仲だったけれど、それでも、彼女の人生について聞いたのは初めてだった。


私は、熱心にしゃべり続ける2人の横顔を見て、しみじみと思った。

私だけが、いろんな思いを抱えたのではなかった。

彼女たちも、無理をしたのだ。

誰だって、そんなに強くない。


いつの間にかコーヒーは冷めていて、そろそろ車に戻ろうとロビンは言った。

今度は、音楽をかけようと彼女は言わなかった。


橋の標識が見えた。

Pulau Pinang
車は、マレーシア本土からペナン島に渡る「ペナンブリッジ」の入り口を抜けた。左折してブリッジに上り、視界が開ける。

海の真ん中を、白い橋が通っている。海の先がペナン島だ。

クアラルンプールで見ていたのは、建物ばかりだった。だけど、ここでは、海と太陽と緑が見える。

「ねえ、ペナンだよ！」

私は思わず大きな声で言った。ハンドルを握るロビンが、ヒューと口笛を吹く。

「We're back!」

「We've come back!」

私とエリーは、ヤッホーとふざけながら、両腕を高く上げた。ロビンも、大きな口を開けて笑いながらハンドルを叩く。

「WE ARE BACK!」

3人で声を揃えた。

私たちは、はしゃいでいた。ロビンもエリーも、まるで中学生みたいだ。きっと私もそう見えただろう。


ロビンはオランダで育ち、エリーは香港で長く働いていた。私はもちろんずっと日本に住んでいた。私たちは、それぞれが違う理由で、この島にやってきた。

私たち3人の誰も、のちにマレーシアに住むとは思わなかっただろう。

私は、ふっと寂しさがやわらぐ気がした。ロビンやエリーにとって、ペナンはホームタウンではない。私も、もちろんそうだ。日本にいて、いろいろと行き詰まってペナンに来たのだ。

海は、太陽を反射して無数の光を浴びていた。
私たちは、その真ん中を通っていった。

光きらめく海を見る。
1週間前、私は、この橋を向こうに渡った。ペナンから出て、クアラルンプールに。
それは、きっと、何かを経験するためだった。
それは、簡単ではなかった。
私たちは、どうしてペナンに来たのだろう?
答えは、この瞬間にあるような気がした。
私たちは、もう、元の私たちではないようだ。
1週間前のことは、ずっと昔のように感じられた。

第三章　名前

I　ホーム

自宅に戻ると、洗濯をした。白いTシャツのしわを伸ばしハンガーにかけると、心まですっきりするようだった。マレーシアのまぶしい太陽の下では、なんだってすぐ乾くのだ。散歩がてら、いつものマーケットに出向く。中国語、マレー語、タミル語、英語が聞こえる。

「Tofu, two」

馴染みの店の前で、2本指を立てる。パーマをかけた中華系の女性店主は、プラスチック袋を器用に裏返すとむき出しの豆腐を中に入れた。

「Long time no see」

しばらく見なかったけど、と私に袋を渡しながら彼女は言う。

「ＫＬに行ってたの」

マレーシアでは、誰もクアラルンプールと言わない。ＫＬと略すのだ。

へえ、と彼女はおつりのコインを私の手に置いた。

「You like KL?」

質問の意図を理解して、私は笑いながら首を振った。

「I love Penang too much」

それを聞くと、店主は満足そうにうなずき手を振った。

ペナン住人はたいてい、この地に誇りと愛着をもっている。ショッピングセンターが建ち並ぶ首都クアラルンプールよりも、海と山に囲まれ、歩道に食べ物の屋台が並び、どこに行っても知り合いの顔を見つけるこの街が好きなのだ。

私もそうだ。

左右を見て車が遠いのを確認すると、２車線道路を横切る。

家に戻り、器にマンゴーを載せる。鮮やかな黄色で、いい香りがする。

「ああ、帰ってきた」と思う。

マンゴーの甘味を味わいながら、ふと可笑しくなった。

私が帰りたかったのは、どうやらここのようだ。

生まれ故郷の田舎町でも、学生時代を過ごして思い出の詰まった東京でもなく、私はペナンに帰りたかったのか。

今まで、どこにいても、私はそこにいる権利がないような気がした。それは、寂しいことだった。

だけど、この街が、私の「ホーム」に近いのかもしれない。

生まれたときにもらった名前ではなく、「エイミー」として住んでいるこの場所が。

Ⅱ　同じではない

マレーシアの朝6時はまだ真っ暗だ。コンドミニアムのゲートで待つと、一人ひとり車でやってきた。

ペナンからトレーニングに行ったメンバーで一緒に練習しよう、という話になっていた。場所に困り、第一回は、ということで、私は自分のコンドミニアムを提案した。

みなが集まったのを見て、私は、共用スペースの鍵を開けた。電気をつけて明るくなった室内を見て、エリーが「いい場所だね」と満足そうに言った。

広くはないけれど、きれいに掃除した落ち着いた部屋だ。クッションを片付けると、私は、ロビン、エリー、シム、ハナに靴を脱いで入るようにすすめた。

それぞれが持参のマットを敷き、私も準備を始めた。

「誰がリードするの？」

長い両足をマットの上に広げたロビンがきいた。金髪をすっきりとまとめた彼女は、白いTシャツにすっぴんでも華やかだった。

「誰がする？」

エリーが困ったように尋ねる。

私は、この瞬間まで「リード」という役割のことが頭に浮かんでいなかった。素晴らしい感覚を与えてくれるクンダリーニヨガをできるようになりたいとトレーニングに行っただけで、自分で教えるなんて想定していなかったからかもしれない。

「あ、そうだよね。誰がしようか？」

私はのんきな声を出した。

一番若く、みんなの妹役のようなハナは、そもそも自分ではないだろうというようにきょとんとしていた。エリーとシムはためらっているようだった。

誰も言い出さないことに焦れたように、ロビンが言った。

「この部屋を提供してくれたんだから、エイミーがやったらいいいんじゃない？」

みんなの目が私に向けられた。

「え？　私？」

私は、単純に驚いた。

肩をすくめたロビンは、それでいいだろうというように、ストレッチを再開した。

エリーが困った顔で、私に言った。

「でも、準備ができてないのだったら無理しなくても……」


私は急いで考える。

「やるわ」

ここにいる全員と条件は同じはずだった。全員、先生の経験はない。

「英語が下手だから」は言い訳にしないようにしていた。マレーシアに来てから、そう言っていたら何もできないことに気づいたからだ。

「エイミー、いいの？」

年上で世話好きなエリーは、よく私のことを気づかってくれる。

私はにっこりすると、親指を立てて「もちろん」と言った。3年間、ほぼ欠かさずクラスに通っていたし、一番真剣にサラの言うことを聞いていた。思い出すことができれば、できるはずだと思った。

「では、クンダリーニヨガのレッスンを始めましょう」

息を吸う。初めてのインストラクションだ。

「Let us tune in」

全員が目をつぶり胸の前で両手を合わせた。

集中があった。

頭の中に、サラのイメージが浮かぶ。


私は、両手を合わせたまま、自分の頭の中が真っ白なことに気づく。

あ、と思う。何をするんだっけ？

緊張しているのかもしれない。

私は、どぎまぎしてみんなのことを見た。真剣に目をつぶっている。

急いで、サラのクラスを思い出す。

ああ、そうか。息を吸うのだ。

息を吸うって、英語でなんと言うんだっけ？

動きは思い出せるのに、言葉が空白だった。ああ、サラはなんて言ってた？　私の次の指示を待っている4人に目を向ける。心臓の鼓動が大きくなった。私は大きく息を吐く。

ああ、そうだ。

「Inhale」

「Exhale」

息を吸って、吐いて。

私の声は震えていた。


私は、「ウォームアップをしましょう」と言う。

口を開ける。だけど、次の言葉が出てこない。


また心臓がバクバク言い始めた。腕の動き、呼吸の仕方、足の位置。どれから説明する？

何を最初に言えばいい？

みんなは動きを止めて、私の言葉を待っている。

とりあえず、何か、何かと思う。何か、言わなくちゃ。だけど、口を開けても言葉は出ない。呼吸が苦しくなる。

「ふくらはぎをつかんで」と言いたい。けれど「フクラハギ」の英語を思い出せない。知らないわけではない。聞いたらフクラハギってわかる。でも、自分で言うことができない。


そうか。

私は、できないんだ。


顔を上げた。動きを止めてしまった私を、みんなが困ったように見ていた。

顔が熱くなったのがわかった。

生徒として参加することと先生役というのは、まったく違う話なのだ。

私は、できない。


「I can't」

小さな声で言った。

部屋の中は静かで、鳥の声が小さく響いていた。

エリーが何か言おうと息を吸った。

気をつかわれたくなくて、急いで明るく言う。

「だから、ロビン、代わってくれる？」

「Okay」

ロビンは無表情で言って、そのままみんなの方に向き直り、リードし始めた。

「では、ふくらはぎをつかみ、それから前後に体を動かしましょう」

その声は落ちついていて、まるで熟練の先生のようだった。

私は、なんでもないような顔を取りつくろうのに精いっぱいだった。


急に言われたって、ロビンには、ひとつも難しくないのだ。

3年間、サラの生徒でいたのも同じ。1週間のトレーニングから帰ってきたばかりなのも同じ。それなのに、できることには差があるのだ。

私は、下を向いて、唇を噛んだ。

同じではないのだ。


なんでもできるロビンといると、そういえば、いつも自分が愚鈍でつまらない人のような気がしていた。

だから、彼女とは友達になっていなかったのだ。
彼女は、きっとそんなこと気にしたことはないだろう。
だって、なんでもできるのだから。
私は、ヨガを続けるみんなを見た。
私がいないほうが、この場はスムーズらしい。
それだったら、私は、なんのためにここにいるのだろう。

Ⅲ　It's okay.

サラの送別会は、ジョージタウンのベジタリアンカフェで行なわれた。レギュラーの生徒を中心に、20人ほどが集まった。

彼女がいなくなって寂しくなるというよりも、新しいページをめくる彼女の幸せを祈るようなさわやかな空気があった。

お開きの時間になり、一人ひとり帰っていった。

ドアの前に立った私に、サラが追いついてきて声をかける。

「エイミー、来てくれてありがとう」彼女は手を差し出した。

「こちらこそ、今までありがとう。3年間、あなたのもとでクンダリーニヨガを学べてよかった」

私は彼女の手を握りながら言った。

「あなたがティーチャーになるの、楽しみよ」

サラは私を見つめ、にっこりとした。

私はなんと言えばいいかわからなかった。喉がつまるような気がした。でも、と言ってしばらくしてから、言葉を続けた。

「できそうな気がしないのよ。テキストだってこんなに分厚いでしょう? 私の英語力では、読みきれないような気がするし、課題を英語で書くのも大変。私、できるような気がしない」

私は親指と人差し指を広げ、本の厚さを示した。

サラは笑った。

「エイミーなら、大丈夫よ」

あっと思った。やっぱり、サラは、私ができるとしか思っていない。私の可能性を信じている。

私は、ただうなずいた。涙が出てきた。

サラは両腕を広げ、私を抱きしめた。

私は涙を拭かず、そのままでいた。

「ティーチャーになるわ。楽しみにしてて」

私は言った。


サラが去って、私たちのクラスは新しい先生を迎えた。彼女は、一つひとつのポーズに正確で、指先の位置まで確認した。

そんなに細かく指導されることなど初めてで、私たちはぽかんとしていた。サラのときは、そんなこと言われたことがなかったのだ。


サラは、体の仕組みをよく理解してるとか、ポーズをきちんと教えるとか、そういう先生ではなかった。

新しいクラスで数回が過ぎた頃だ。数人と連れ立って、中華料理を食べていた。

「今度の先生は、サラとはやり方が違うよね」

私がそう言うと、中国茶を注いでくれながら、シュウランが返事をした。

「今の先生は、ちゃんとしてるよね。でもね」

彼女は続けた。

「私はサラのクラスが大好きだったわ。実は、その前に、いくつかのヨガクラスを試したの。夫が高血圧で、医者にヨガを勧められたからね。だけど、どれも好きになれなかった。ポーズがきちんととれなくちゃだめという感じで、怒られているような気がするのだもの。ヨガは、楽しくないものかなと思ったの」

彼女は隣に座る夫に目を向けた。

だけどね、とシュウランは目を輝かせた。

「サラのクラスは、1回で大好きになったの。サラは、レッスンの間中、ポジティブに応援してくれるのだもの。だから、私たちは彼女のクラスでヨガを始めたのよ。ずっと楽しかった。今の先生もいいと思うけど……。私はサラの教え方が好きだったなあ」

私はうなずく。サラが教えたかったのは、腕の位置や足の動きではなかったのだと思う。

ポーズがとれない人がいると、サラは、よくこう言った。

「Do not worry about what you "*can not*" do today」

「Do what you "*can*" do today」

今日〝できない〟ことを気にする必要はないの。

今日〝できる〟ことをするのよ。

もうひとつ、口癖のようにサラが言っていたことがある。

It's okay.

というものだ。

トレーニングに参加して初めてわかったのだけど、実は、クンダリーニヨガというのは、呼吸法、手の位置、ポーズをとる時間まですべてが決められていて、それを厳格に守らなくてはいけない。

それなのに、サラは、生徒が間違えようが、できなかろうが「It's okay」と言い続けた。

彼女自身は修行僧のようにストイックだった。同じクリヤを何百回と続けたり、クンダリーニヨガの勧めに従って、寒いスウェーデンで早朝に冷水のシャワーを浴びていたという。

その彼女が、神聖なマントラを「間違ってもいい」と言った。

それさえも「okay」なのだと。

だから、私たちは、できない自分でも構わなかった。ヨガが初めての人が多かったからか、みんな、そういうものだと信じていた。

私たちは、誰とも比べなかった。下手で恥ずかしいとか、ほかの人ができているだとか、早くできるようにならなくちゃとか、そんな焦りも何もなかった。

ポーズができなくても、苦しくて続けられなくても大丈夫だった。今日できることをやるだけでいいのだと信じていた。

サラが見守ってくれるのだから、それでいいのだ。

いつも私たちは、そんな場所にいた。

＊

私がティーチャーになって、一年が過ぎた頃だ。私は、ウェブサイトに載せるための感想を生徒に頼んだ。

そのひとつに驚いた。

「エイミー先生のヨガのいいところは、先生が身体を触らないし、ポーズが間違っているなどの注意もなく、いつも温かく見守っていて周囲の目を気にしないでできることです」

ああ、サラだ、と思った。

私は、そんな先生になっていた。

時間も場所も、個人の垣根も超えてつながった。

私は、サラの教えだった。

スウェーデンに戻った彼女とは、もう会うことはないかもしれない。
だけど、ある時期、私は彼女の生徒だった。
サラに会わなければ、きっとティーチャーにはなっていない。
彼女との出会いは、私に、不思議な跡を残していった。

私は、あの頃、大きな肯定の中にいた。

「It's okay」とサラは言った。
だから、私は、今、ティーチャーになっている。

Ⅳ　本当の名前

私はその日も、机に向かっていた。卓上カレンダーを眺めてはため息をつく。机の上には教材の山があるけれど、予定通りに読めていない。

テキストは、Ａ４サイズで３００ページを超えるものでずっしりと重かった。

ヨガとは何か、クンダリーニヨガのルーツ、ヨガの種類、歴史、音やマントラについて、呼吸法、メディテーション、解剖学、チャクラ、ヨガ哲学、ポーズ……と、目次を見るだけでため息が出た。

それに、テキストを読めば終わりというわけではなく、課題もいくつも出されていた。頬杖をつき、パラパラとページをめくる。どう考えても、読み終えられそうにない。

私は、うろうろと部屋を動き回り、それでも落ち着かず、洗面所に行って顔を洗った。焦ってもしかたないけれど、どうしたらいいのだろう？

キッチンに向かい、ケトルに水を入れる。

英語は、大きな問題だった。日本語では目を滑らせるだけで大雑把に把握できることも、英語では、1行1行しっかり文章を読みながら意味をとらないと理解できなかった。だから、3倍4倍の時間がかかるのだ。

私は、留学経験もなかったし英文科卒というわけでもない。

初めて住んだ外国がマレーシアで、今までだって、うまくいかないことだらけだった。思ったことが充分に言えなかった。語彙が不足しているから知的な話はできない。かといって、とっさに気の利いた冗談を言えるわけでもない。日本語で話す10パーセントほどのことしか、私には英語で表現できなかった。

もっと丁寧に話を聞いてほしい、真剣に扱ってほしいと思うことは何度もあった。そのたびに「本当の私は、もっとできるんだ、これじゃないんだ」と心の中で言いたくなった。

でも、結局、自分ができないのだから仕方がないのだといつも思った。

仕事部屋の机に戻り、ティーカップを置き、テキストを眺めた。

まだ、名前は書いていない。2ターム目に行くか決められず、入金をぐずぐずしていた。

油性マーカーをくるくると回した。

エリー、シム、ハナからは「今度は一緒のところに泊まろうよ」と声をかけられていた。そちらにも、そろそろ返事をしなくてはいけない。


名前か、と私は思う。

マレーシアに住み始めて少ししてから、私は、日本語の名前を使うのをやめた。外国人には、私の名前は覚えにくいようで、たいてい会話の最後には忘れられていたからだ。

それまでの私は、日本語の名前をあたり前のように使っていた。そして、それが「私」を表わしていると思っていた。

だけど、ある日、そんなことをずっと続けるのか、と愕然とした。それは、過去の記憶のつなぎ合わせにすぎないのに、と思った。

日本語で何ができようと、今ここでは関係ないのに、自分は何を守ろうとしているのだろう？

日本語の名前を「本当の私」として、それをこれからも持ち運び続けるのだろうか？

後生大事に箱に入れ、時々取り出してはひっくり返し、丹念に眺め、撫でて、また箱に戻すのだろうか。

そうやって、古びた箱に守られて生きていくのだろうか。

そんなことを、一生やり続けるのだろうか。

だとしたら、「私」とは、それだろうか。


だから、私は、自分で、自分に名前をつけることにした。

流暢に日本語を使い、あたり前のようにその恩恵を得てきた、ひとつの線としての記憶の繋がりを捨ててしまえ、と思った。

同時に、外から見た私だって、私を充分に表わしているわけではない。英語が苦手で、うまくコミュニケーションできないけれど、私はそれだけではない。

都合よく切りとった自分も「私」ではない。外から見た自分も「私」ではない。

では、どこにいるのかと探した。

どうやって生きていけばいいのかと。


私は、そうして思った。

逃げ出したい瞬間にいた「私」。
唇を噛んで、泣きそうになっている「私」。
そこに、いたじゃないか。

私は、その存在に名前をあげることにした。
今、ここにいる「本当の私」に、名前をあげるのだ。

私は、本当の名前で生きる。
誰にも理解されなくてもいい。できないなら、人の3倍でも4倍でもやればいい。
今までだって、そんな風にやってきたじゃないか。

ペンのキャップをとる。
私の存在に対して、私がつけた名前。
本当の名前を、書くのだ。

V　自分で自分に期待をあげた

2タームに行く決断をして、エリーたちに連絡した。

しなくてはいけないことは山積みだった。

まずは、テキストをしっかり読み込み、内容を把握することだ。

私は、1日分のノルマを決めた。ハイライト用のペンとボールペンを用意し、必要に応じて日本語でメモを書き込んでいった。英語だけだと、一度読んだページかどうかもわからなくなるからだ。

英語が苦手なことは、抽象概念の把握にも影響した。

もともとヨガは、古代インドで行なわれていたものだ。サンスクリット語の言葉を翻訳しているのだから、英語の説明がわかりにくいのは当然だった。毎日コツコツと読んで終わりにするつもりだったけれど、なかなか進まない。

「一時間やってこれだけか」とため息をつくことも多かった。人の体の仕組みも難しく、しかたなく、看護学生向けの動画を日本語で観た。少しわかったと思っても、それを英語と結びつけるのに時間がかかる。

どうすれば「理解した」までたどり着けるのだろうと私は思った。暗闇の中を走っているようで、どこに行けば明かりが見えるのかわからない。それでも、毎日、机に向かうしかない。

書き込んだり消したりで、ページはボロボロになっていった。毎日、何回も開くから、本の綴りが外れ、中のページははみ出し、セロテープで止めた。

この時期、一番プレッシャーに感じていたのは、デモンストレーションの課題だった。スムーズに行なうロビンを見て、ショックを受けた。もしかしたら、私にとっては難しいのだけれど、ほかの人にはそうではないのかもしれなかった。みんなの前で何も言えなくなる自分を想像するだけで、足がすくむような思いがする。

だけど、そんなことばかり言っていられない。

思いついて、ショッピングモールに行った。学生が使うような輪っかのついた単語カードを大量に買った。

それに、表に体の絵を描き、裏に英語の説明を記入する。全部暗記すればいいと思ったのだ。

もっとも、自然な英語で書くという作業も難しく、自分の弱点を改めて思い知った。普段の会話は、前置詞や冠詞の間違いなど気にしていないけれど、インストラクションではそれはよくないだろう。

発音も悪いし、聞く人は気にならないだろうか。

私は、いろんな心配事でいっぱいになっていた。英語も下手で、運動も苦手で、人前で話す経験もない。私は、もともとヨガの先生には向いてないのだ。

この時期にどんな風に過ごしていたのか、よく覚えていない。毎日、ヨガの勉強ばかりしていたと思う。ご飯をつくったり食べたり、ほかのこともしていたはずだけど、この頃の記憶といえば、机に向かい、朝から晩まで勉強していたことだけだ。

3ヵ月間、そんな風に毎日過ごしていたのだと思う。

ティーチャーとして働く予定はなかったのだから、かけた時間もお金も戻ってくるわけではない。まったく、無駄なことだと思った。

だけど、やめるという選択はなかった。

*

私は、期待されない子どもだった。

「ドウセ、コノテイド、ダカラ」

大したことはできないから、私に期待したら失望するから。私はそんな子どもだから。

そんな理由で、期待されないのだと思っていた。

「ドウセ、コノテイド、ダカラ」

外からの声は、いつしか自分のものに取って代わった。

私の心の内側に、次第に真っ黒な空洞が広がっていった。

「どうせ、私は、この程度、だから」

それは真実の声に聞こえるようになった。

耳をふさいでも、それは聞こえた。

「ドウセ、ワタシハ、コノテイド、ダカラ」


だから、私は、やめないのだ。

途中でやめたりしない。

ビリでも、かっこ悪くても、辛くてもやめない。

泣いても、劣等感で眠れなくなっても。疲れたとか大変だとか、そんなことでやめない。

私は「どうせ、この程度」が聞こえないところに、いつか行く。

そのとき、空洞はふさがれて思い出せなくなるだろう。

そんな声があったことも。

そこに穴があったことも。

だから、私は、自分に与えることにした。

何の見返りもいらない。

ただ、与えるのだ。

ずっと、そうされたかったのだと思う。
期待されたかった。

だから、自分で、自分に、期待をあげた。

第四章　出会い

Ⅰ　キュウリのサンドイッチ

エリー、シム、ハナと私の4人で、朝9時すぎにペナンの駅に集まった。

シムが手配してくれたチケットを受け取り、エレベーターのボタンを押す。電車に乗り込むと、私たちはボックス席に座った。荷物を棚に上げる。クアラルンプールまで長距離になるのだ。

電車が走り出した。

私は、ボロボロになったテキストをお守りのように膝に置いた。2タームは、明日から始まる。

ここまでがんばってきたと思う。毎日欠かさずヨガをしたし、課題も全部提出した。

「カレンは来ないんだっけ?」

向かいに座るエリーが顔を上げた。

「今回は来ないって」

ハナが眼鏡を押さえながら言う。

そう、とエリーはうなずいて、話題は別のことに移った。

やっぱり来なかったんだな、と私は、1ターム目の最終日のことを思い出していた。

あの日、カレンは硬い顔をしていた。

「エイミーは、本当にクンダリーニヨガのティーチャーになろうと思ってる?」

私は曖昧に返事した。私は、トレーニングの場から去りたくてたまらなかった。そんな思いを見透かされた気がした。

あのときすでに、彼女の気持ちは決まっていたのだろうか。

次のタームで会おうと言ったのはただの決まり文句だったのだろうか。

「お昼にしようか」

そう声をかけられて、私は、視線を車内に戻した。急行列車は南に進み、クアラルンプールまではあと2時間だ。

バッグの中を探り、シリアルバーの袋を取り出すと、エリーが眉をひそめた。

「エイミー、それはリアルフードじゃないわよ」

看護師として長く働いていた彼女は、不満そうだった。そして、自分のナップザックを開けると、大きなタッパーを取り出し、にっこりと笑う。

シムがテキストから顔を上げた。

「なに?」ハナがのぞきこむ。

「リアルフードよ」

エリーが蓋を取ると、そこには、食べきれないほどのサンドイッチが並んでいた。

「Wow!」と声が上がる。

彼女は、ひとつを取るとその断面を見せた。ツナとキュウリだ。

「4人分、たっぷりあるよ」

ハナはすばやく手を出してそれを受け取ると、口に運んだ。

「美味しい」

エリーは満足そうにうなずいた。

「トレーニングに行ってしまうと、うちの夫とも、10日近く会わないでしょ。彼はひとりだと、すぐジャンクフードを食べるの。もう年だから体に悪いって言ってるのにやめないのよね。だから、今日のお昼の分だけはつくってあげたの。彼はサンドイッチ好きだし」

私は、数回会ったことのあるエリーの夫を思い出していた。水泳とヨガで体を鍛えているエリーより、ずいぶん年上に見えた。

シムと私も手を伸ばす。

確かに美味しい。

「美味しいね」と言うと、エリーが解説した。

最初にパンにバターを塗り、キュウリは薄く切って水気はしっかりとるのがコツだという。イギリスでは、キュウリのサンドイッチは定番だそうだ。

おかげでおなかが満たされて、私は少し眠くなってきた。

「無駄になっちゃうでしょ」

エリーはそう言って、さらにひとつずつサンドイッチを渡そうとする。

「そんなに食べられないよ」

苦笑しながら受け取った。

私は、こういう経験があまりない。親しい友達はなかなかできないし、友人と一緒に旅行したりすることなんて、ずっとなかった。

だから、ここにいるのが自分でないような気がした。

マレーシアに住み、ヨガを習い、日本語を話さない友人たちと一緒にティーチャーになるためのトレーニングに行く。そして、手作りのサンドイッチを食べろと渡されて、おなかがいっぱいなのにそれを嬉しいと思っている。

こんな人生を想定したことはなかったし、まったく私らしくないと思う。

「エイミーはスリムなんだから、もっと食べたらいいのよ」

真面目な顔でエリーが言う。おせっかいだな、と可笑しくなる。私は、こんな距離感で人と付き合うことがないのに。

私は「美味しいけどね」と笑う。

まったくエリーらしいな、と思う。

カレンの言っていることが、わからなかったわけではない。返事ができなかったのは、むしろ、わかったからだ。

「クンダリーニヨガを極めるって、私が思っていたのと違うわ」

そう彼女は言っていた。

そうだろうと思う。

思ってたのと違うことだらけなのだ。


私らしくない、か。

私は笑う。


ややこしい「私らしさ」なんて、どこかに置いてきてしまえ。

Ⅱ　出会ったときにすべてがわかるわけではない

スタジオの扉の前に立つと、私はきゅっと緊張を感じた。前のタームのいろんなことがよみがえった。

大丈夫。

深呼吸をする。

今回は、たくさん勉強だってしてきたのだし。

水筒を置いて、ストレッチを始める。そうしているうちに、スペースは埋まっていった。全体を見渡した。30人ほどいる生徒のうち、新しい顔は、5～6人だろうか。独特の緊張感があった。

エアコンの音だけが低く響いている。

そろそろ開始時間だ、とドアを振り返ったとき、小柄な女性が立っているのに気づいた。彼女は、座っている生徒たちをぐるりと見回し、マットの間を遠慮なくずんずんと進む。一番前までくると、私たちに向かいあってあぐらをかいた。

白い服を着てターバンを付けているのは同じだけれど、生徒にしてはあまりに堂々としていた。

「さあ、始めましょう」

彼女がそう言うと、生徒たちの間に戸惑いが起こった。生徒の誰も彼女を知らないようだ。

「私の名前は、ティエンです。トニーの代わり」

そう言うと、彼女は、さっさとお祈りの言葉を唱え始めた。私たちも、あわててそれにならう。

30分のお祈りが終わり、ヨガの時間になった。

ティエンがそのままリードするらしい。

ウォームアップが始まると、集中した空気に変わる。クンダリーニヨガは目を閉じて瞑想状態で行なうものだ。呼吸の音が聞こえ、みな自分の内側に意識を向ける。

私も、だんだんと雑念から距離をとれるようになってきた。


そのとき「あ」と声がした。

なんだろうと目を開けた。

ティエンだった。

ヨガの最中に止められることは少なくて、ほかの生徒たちも困惑していた。


ティエンは、手元のテキストを見ながら首をひねっている。うーむとうなり、彼女は、文字を指で確認し始めた。

「あら、やっぱり違うわ。そうじゃない。〝右手が上〟って書いてあるわねえ」

そう言って、今度は右手を上にして同じ動きをやって見せた。

「間違えたのか、仕方ないな」と私は目を閉じて集中した状態に戻る。


「あ」

また30秒ほどして、ティエンが言った。

「やっぱり〝左が上〟だったわ。間違えた」

咳払いが聞こえた。何か言いたくなるところを飲み込んだのだろう。誰も口には出さなかったけど、同じように感じているように思った。

エクササイズが始まった頃、目を開けてこっそりティエンを見た。

彼女は、そんなことなどまったく意に介さないように、機嫌よさそうにしていた。


ヨガを終え、さあ朝ごはんだ、と空気が柔らかくなったとき、ティエンが口を開いた。

「私はこの1週間、みなさんと一緒よ。よろしく」

そう言って彼女は立ち上がると、スタスタと部屋を出ていった。

私たちは、顔を見合わせた。トニーがもっていた威厳も重々しさも、彼女には感じない。

トニーは、アジア地区のクンダリーニヨガのリーダーのような存在で、不思議なオーラがあった。肩まで届く豊かな白髪をひとつにまとめ、彼が低い声で話をすると誰もが耳を傾けた。生徒からだけでなく先生たちからも尊敬を集めているのは明らかで、彼と話すときは誰もが嬉しそうだった。


そのあと、私たちは、階下のカフェに向かった。

また1週間、ベジタリアン生活が始まる。サラダ、チャパティ、豆、果物を取り、テーブルに座る。

「久しぶり、どうしてた？」

「元気だったよ」

そんな明るい声が響く。

新しい人たちも増えて、はしゃいだ自己紹介も聞こえてきた。

私は、2ターム目は違うようであってほしいと思っていたけれど、やっぱり人付き合いは慣れなくて、ほとんどしゃべれなかった。

これからまた1週間を全員で過ごすのかと思うと、ため息が出た。

「トニーの代わりの人、先生っぽくないよね」

私の横にいたフランス人生徒がささやいた。私は小さく同意した。

あの人で大丈夫だろうか？

私だけでなく、誰も、ティエンを信用していないようだった。

だけど、そのときにわかることなんて、きっと、たかが知れている。

Ⅲ　自分の中の神と出会う場所

みんながティエンを信じなかったのも、理由がないわけではない。威厳があるトニーと比べると、エクササイズを間違えても平気な顔のティエンは、とても普通の人のように見えたのだ。

最初の講義だった。

前に立ったティエンは、クンダリーニヨガで使うマントラのひとつについて説明し始めた。そのマントラの言葉には、自分を守るという意味があるという。

疑わしく見ている生徒の空気にも気づかないように、彼女はほがらかな調子で続けた。

「私はバンコクに住んでいるけど、どこもかしこも野良犬がいるのよ。どこにもよ。狂犬病だってあるし、必ずしも安全とは限らない」

そう言って私たちを見回した。

「ある日、ヨガを教えに行くところだったわ。夕方、私はひとりきりでお寺の道を通る必要があった。そういうところなのよ！」

急に大きな声になったから、私たちはぎょっとした。

「野良犬がいるのは！」

いたずらっぽく笑いながら、ティエンは続けた。

「とぼとぼと歩いてたら、道の両側から、ひょいひょいと犬が顔を出したの。大きな犬ばかり。両側からよ。10匹以上いたわ。それらが、みんな私に興味をもっている」

小柄な彼女が、たくさんの大型犬に囲まれているのを想像した。

「私がしたことは、このマントラを口にしたことよ」

そう言って彼女は目をつぶり、マントラを唱えた。いつの間にか、私たちは、話に引き込まれていた。

「そしたらね」

彼女は間をとった。

「両側の犬たちが、なんと、道をあけ始めたのよ。ほら、あるでしょう」

そう言って彼女は、自分の前で、両手を左右に動かした。

「あれよ、そう」

私はイメージした。犬が道をあける。その真ん中を、マントラを唱えながら小柄な中年女性が歩いていく。だけど「あれ」ってなんだろう？

「そうよ、モーゼ！」

私はぷっとふきだした。「そうよ」ではない。別に、モーゼと思っていたわけではない。

「ねえ、モーゼよ！　私は、犬の海を割って行ったのよ！」

笑いと拍手が起こった。硬かった空気は温かなものに変わった。

ティエンは、そんな特別なところがあった。私たちの不信感なんて、とっくに気がついていたのだ。


彼女は、ヨガの技術よりも精神性に重きを置いているようだった。

毎日、同じ場所にマットを敷いていた私たちに、彼女は眉をひそめた。

「固執や執着は、ヨガの考えでは否定すべきことです」

私たちはしぶしぶ従った。毎朝、前日とは違う場所を探し、マットを持ってウロウロするようになった。

2日目の講義のことだ。

前のタームから参加していたなかに、性に関する軽口をたたく男性がいた。会社を経営しているという彼は、大きな体をゆすりながら、悪気なさそうに発言していた。誰かを傷つけようという意図は感じられず、場を明るくするためにやっているようだった。実際、それを笑う者もいた。

その彼が、ティエンのクラスでまた同じようなことを言った。

ティエンは、顔をこわばらせた。

「これから言うことを、あなたたちはよく聞く必要があります」

彼女は、数年前のワークショップのことを口にした。ある参加者が、過去に性的なつらい体験があったらしく、体をよじらせて号泣し始めたのだという。

「ティーチャーになるというのは、どういうことかよく考えなさい」

ティエンは続けた。

「言葉は、真実のために使いなさい」

注意された彼は、納得いかない顔で黙った。

明るかったスタジオの空気は、重いものに変わっていた。

トレーニング3日目、休憩時間になったときのことだ。

「あなた」

ティエンの厳しい声に、自分か、とビクリとして顔を上げた。

ティエンの視線の先には、シャリーンがいた。20代の彼女は、SNSにはまっているようで、頻繁にチェックしていた。

「そういうことは、この場を出てからやりなさい！」

ティエンは、スタジオの出口を指差しながら、大きな声で言った。

シャリーンは、凍りついたように目を見開いた。

授業中ではなかったし、スマートフォン自体が禁止されていたわけではない。けれど、ティエンは恐ろしく真剣だった。誰もその場から動かず、声も出さなかった。

ティエンは、大きく息を吸った。

シャリーンから目を離すと、緊張している私たちを厳しい目で見回した。

「あなたたちは、ここに、何をしに来ているのですか」

ティエンは、一人ひとりの顔を挑むように見つめた。

誰も何も言わなかった。

「You need to think about what you came here for」

あなたたちは、どうしてここに来ているか、その理由を考えなくてはいけません。


ティエンは続けた。

「ここは、神とつながる場所です」

彼女は、にらむような顔をしていた。

「あなたたちは、自分の中の神とつながることを求めてここに来た。それなのに、いったい何をしているのでしょうか？」

言い終えると、ティエンは不愉快そうに口を結び、さっと部屋を出ていった。


ふううっと息を吐く音が聞こえた。私は、知らない場所に来ているような気がした。


「自分の中の神」

そんなことを考えたことがなかった。

私は、なんにもわかっていなかったのだ。

ティエンは、きっと、もどかしかったことだろう。

Ⅳ　誰にでも与えられる

ラグビーチームに所属するサトは、大きな体を羊毛のマットの上に丸め、自分のノートをめくっていた。しきりに髭を触わっているのとこわばった顔で、かなり緊張しているのがわかる。発表の一番目だもの、と私は同情する。

毎日、昼食後は、課題の発表が行なわれた。発表者は、小グループの「先生役」となり、指定されたキーワードの説明とヨガを行なうという模擬レッスンだ。

明るくて人懐っこいサトとは、何度かしゃべったことがあった。2ターム目の初日、隣に座った彼は「Can I see it?」と私のテキストを取り上げた。

付箋と書き込みで分厚くなって、端はボロボロだった。

「全部読み終わったの？」

嘘でしょ、というようにきく。

彼はそれをしみじみ眺めてから、自分のテキストを私の目の前に出した。

「ほら、ぼくのは真っ白だよ」

私が戸惑っていると「取り換えようか？」とおどけて言う。

私は笑って断わった。

けれど、彼が不真面目だったというわけではない。青いターバンを巻き、髭を生やしたシク教徒の彼は、毎週寺院でお祈りをしていた。だから、私にはちんぷんかんぷんの朝のお祈りもそらんじていた。

一緒にご飯を食べたときには、何も知らない私にシク教のことを教えてくれた。ひとしきりしゃべると、こう言った。

「ペナンにもシク教の寺院があるよ。行ってみたらいいよ」

私は曖昧にうなずいた。

「エイミーはインド料理が好きって言ってたでしょ。シクの寺院では無料で食べられるよ」

「どうして？」

私は驚く。見ず知らずの私に、食事を与える理由はないだろうに。

サトは笑った。

「シク教は、誰でもウェルカムなんだ。信徒でもそうでなくても、誰にでも食事を与えるんだよ。誰も区別しないんだ」

温かな声で彼は教えてくれた。

そう、と私はつぶやいて口を閉じた。

私の知らない価値観が世の中にはあるようだ。

*

生徒たちはマットを並べ、2人の講師も部屋に入ってきた。いよいよ発表の時間だ。

サトは、ふうっと息を大きく吐いた。

部屋の中は静かになった。


「Thank you for coming. Hi, my name is Sat. Nice to meet you」

「はじめまして」という言葉で、つい頬がゆるむ。設定では、私たちは、ヨガが未経験で、たまたま入ってみたクラスということになっている。だから、私たちは、大真面目で知らない人のふりをしているのだ。

「ふふ」と数人から小さな笑い声がもれた。

けれど、緊張したサトは、顔を上げもせずノートを広げる。そして、下を向いてノートを読み始めた。ところどころつっかえて、そのたびにノートを凝視した。手書きの文字が見づらかったのかもしれなかった。

メモを見るのは許されていたけれど、できるだけさりげなく、という指示があった。ところが、ヨガが始まってからも、サトはノートに頼りっぱなしだった。太い指でノートをめくったり、もそもそと言い直したりしていた。

そのたびに、私たちは待った。だけど、その空気は、不思議と温かなものだった。


レッスンが終わると、講師のラディが前に出てきて、サトの肩をたたいた。

「よくやったよ。一番初めは、一番緊張する」

サトは、やっと終わったというように大きく息を吐いた。

「では、ひとりずつ、フィードバックをしよう」

ラディは言った。

そして「ただし」と付け加えた。

「いいところだけで終わりにしないこと。改善すべきところも必ずひとつは言いなさい。サトがみんなの友達なのはわかるけれど、指摘してもらったほうが本人のためになるからね。いいところと改善すべき点と、必ず両方入れること」

見透かされたようで、私たちはモジモジとした。厳しいことは言いにくいのだ。

ノートを何回も見ていたことで、準備が足りていないのはみんな気づいていたから、それについてふれる人が多かった。また、エクササイズの間違いがあったことも指摘された。だけど、なぜか全員の顔は明るかった。

「サトのクラスは、楽しかったです」

順番がきて、私は言った。素直な気持ちだった。

「もちろん、ノートを見てたから、それがなかったらもっと良かったと思うけど……。でも、楽しかった」

サトはうなずいて、私と目を合わせた。目が笑っていた。私も、にこりとする。

サトのクラスは、不思議だった。彼がまごまごしても、誰もイライラしなかった。むしろ応援するような気持ちになった。

「思ったより緊張した」

あとでサトは、私に恥ずかしそうに言った。

私はふと、ペナンに戻ったらシク教の寺院に行ってみようかと思った。

私の発表は、金曜日。4日後だった。

Ⅴ　天井へ

ヨガをしながら泣くなんて、思っていなかった。

その日、一番最後の講義は、動画を見ながらヨガをするということだった。若い頃、ヨガのＤＶＤを買ったことがある。ヨガクラスに行くのは怖かったから、ひとりでヨガをやって、体が柔らかくなったらいいと思ったのだ。けれど、厭きてしまって10分も続けられなかった。

だから、いくらマスターのレッスンだとはいえ、動画でのヨガというものを信用していなかった。

プロジェクターの準備をするソフィアが「あなたたち、ハンカチを用意したほうがいいわよ。これは特別なものよ」と秘密らしく言ったときも、「感動ものの映画でもあるまいし」

と少ししらけた気持ちだった。

ソフィアはスタジオのカーテンを閉め、音量の調整をした。「見える？」と生徒たちの方を見て言ったから、私はオッケーと親指と人差し指で輪っかをつくった。


ビデオが始まった。

マスターが登場し、挨拶をする。呼吸法やウォームアップから始まる。

特に変わったエクササイズもない。このときは、普段行なっているような普通のクンダリーニヨガクラスだと思った。


20分ほどしてからだ。

「あ」と思った。

そのとき、私は、腕を上げて火の呼吸をしていた。

突然、不思議なことが起こった。

喜びを感じたときのように胸に何かがくる。それは初めての感覚だった。そして、知らないものだった。

そもそも、何が嬉しいわけでも悲しいわけでもない。理由がないのに、胸の奥に何かを感じる。それは、まるで感情が揺さぶられたときのような感じだけれど、その意味する感情が何かと言われるとわからない。

これはなんだ？

胸に広がった何かは、喉を通って上がっていった。圧倒的な強度で止めようがなく、頭のてっぺんまで上がるような感じだった。

「私は泣いているのか」と一方の私は驚いた。それは初めての感覚だった。


私の身体は、感覚を受けきっていた。私は、それそのものだった。理屈の入る余地はない。

頬はどんどん濡れていくけれど、両腕を上げたままの私は、そのままにしていた。

ふと気がつくと、あちらこちらで、鼻をすする音やしゃくりあげる声が聞こえた。私以外の人にも同じことが起こっていた。

私は、圧倒されていた。

これは、自分自身を超えている。


動画が終わった。

誰も口をきかなかった。４分の１ほどの人はまだ泣いていた。

「もう、今日はこれで終わりだから、このまましゃべらずに帰りなさい」

ソフィアは、みんなにティッシュを配った。

＊

その夜、ベッドに横になった私は、ぼんやりと天井を眺めていた。

頭の中に、トニーの言葉が浮かんだ。

You need to experience it.

きみたちは、体験しなければいけない。


前のタームでのことだ。

胸まで伸びた白い髭を触りながら、トニーは言った。

「西洋では、主観と客観を分けて考えてきた。私たちはそれに慣れている。だけど、そのやり方では、ヨガを理解できないんだ。なぜなら、身体と心は別れてしまうからね」

難しくてよくわからず、私は、メモをとる手を止めて彼を見つめた。ほかの生徒も、わかってないようだった。

トニーは気にせず続けた。

「東洋の知恵は、人から人に伝えられてきた。ヨガの知恵というのは客観性の中にはないんだ」

トニーは、きょとんとしている私たちに、穏やかに言った。

「頭でわかる必要はない。君たちは、それを体験すればいい。そして、それを次の人にそのまま伝えるんだ」

もう一度、彼は言った。

「You need to experience it」

きみたちは、体験しなければならない。


私は、天井を見つめる。

それは、私の延長だった。

ああ、そうか。

私は、少しだけわかった気がした。


また、涙が出てきた。

私は止めようと思わなかった。それだって、そのままにしていい。誰かに説明する必要もない。

私は、ずっと自分を守っているつもりだった。理屈をこね、わかったような気になってその居心地の良さに安住した。それが私だと思っていた。
かたくなに強い力で握りしめていたのは、それがないと、負けてしまうと思ったからだ。

だけど、もうそんなことをしなくていいのかもしれない。私は、誰にも存在を証明する必要だってないのだ。
私は、手放すことができる。
もう、それを必要としないから。

手の力をゆるめる。

それは流れて、はるかかなたに遠ざかる。

Ⅵ　本当のことは、目に見えない

偶然にしては多い割合で、ティエンは私の近くに来た。特にグループワークのとき、それに気づくことが多かった。

1ターム目と同じで、グループワークは、私にとってつらかった。英語を理解するのが精いっぱいで口を挟めなかった。そうすると、人は、だんだん私の方を向いて話さなくなる。視界にも入らなくなるのだ。

そこに悪気があるわけではないのだけれど、誰にも振り向かれない石ころになった気がした。なるべく笑顔をつくるようにしていたけれど、それはぎこちなかったと思う。ティエンは、そんなときも特に何も言わなかった。

その朝、ティエンは、大きな白い紙の束を両手に抱えて入ってきた。そして、生徒一人ひとりに手渡した。それからしゃがみ、クレヨンやカラーペンを床に並べた。

さて、と彼女は立ち上がる。

「昨日、ヨガクラスがありましたね」

涙が出て止まらなかったクラスのことだ。私以外にも、何人もすすり泣いている声が聞こえた。でも、この画用紙と、何の関係があるのだろう？


ティエンはにっこりと微笑むと、話を続けた。

「あのとき、何が起こったのでしょうか。それを描いてもらおうと思います。あなたは何と出会ったのでしょう。それから何が起こり、どうなったのでしょう。その過程を紙の上に表わしなさい。自由に描きなさい」

急いでペンを取りに行こうとした生徒がいた。

ティエンは、ひと言付け加えた。

「ただし、わかったように描くのはやめなさい。もう一度、体験するのです。そしてそれを忠実に表現するのです。正直に」


私は、手に持った紙に目を落とした。

もう一度、体験する?

そして、それを表現する?


私がぼんやりしているうちに、ほかの生徒はすでに紙を床に広げ、膝をついて描き始めていた。あ、と思い急いでペンやクレヨンを取りに行く。


自分のスペースに戻って紙の前にしゃがんでも、私は描きだせないでいた。絵を描くとは、実際にあるものを描くと思っていた。花瓶だとか木だとか、見たものを描くと。だけど、ティエンが言ってるのは、ヨガをしている自分たちを描けということではない。それは、外側から見たことだ。

心の中を表わすということだろうけれど、それはどうやって描くのだろう。何があれば、あのときの感じを表わせるのだろう。

それに、体験するように描く?


ふと顔を上げると、ティエンが見てるのに気づいた。

ああ、始めなくては、と私はペンをいじり始めた。

どれがいいだろう？
どの太さの線が、あの体験を表わすだろう？
細くて直線的で、硬い線がいいだろうか。
いや、違う。もっと、流れていくものがいい。

私は、ペンを置いてクレヨンの箱を開けた。そうだ。クレヨンのほうがいい。
あのときに柔らかく感じた、のびのびとしたもの。温かいもの。
箱に指を滑らせ、迷った末、2本のクレヨンを取り出す。
グレーとオレンジ。

曲線を描く。そうだ、と思う。この感じだ。私は昨日の感覚を生き生きと思い起こし始めた。インストラクションの声を聞いた。四つん這いで背中を反らせた。背中を丸めた。
それから……。

オレンジだ。背骨を、オレンジの温かい光が流れた。そうだ、そうだと色を足していく。

体を流れた感覚。

ここに通った。ここにもきた。手が勝手に動いていく。

いや、もっと強い色だ。もっと濃い色。塗る力を、だんだんと強めていく。こっちは黄色があった、こっちはもっと濃く。色を重ねていく。


色を載せるたびに、私は感覚を思い起こす。そうだ。

上のあたりは、こんな色だ。

こうだ。夢中になっていた。


赤いクレヨンを握り、強く塗る。流れは、ここにもきた。あっちも通った。だんだんと線が重なりあい、人の体になっていった。

手の動きを繰り返し色を重ねるたびに、線は太い流れとなり色は濃く複雑になっていく。もっと強く。もっと濃く。


そうだ。

これだ。

色が重なりあい、紙の上の色は、力強くなっていった。

私は、没入していた。

解釈をする余地などなく、私の手は勝手に動いている。

体験は、心で、身体で、私だった。

私は、まったく一体だった。

＊

「そろそろ時間よ」

ティエンの声に、我に返った。

私は、まるで夢の中にいたように、現実感を失っていたようだ。

あたりを見回すと、ほとんどの人は描き終えて、片付け始めているところだった。


「終わった人は持ってきなさい」

私は、自分の絵を眺める。

クレヨンの太い線が、なぐり書きのように強く描かれて、大きな人の形になっている。

ひとのかたち？

15分の休憩のあと、部屋に戻ってくると、床には作品が敷きつめられていた。30枚以上あるそれは、どれもそれぞれに違っていた。

花、大きなハート。鳥や木々。

虹や海を描いたものもある。家族が一緒にいる絵もあった。


「それでは、見ていきましょう」

そう言って、ティエンは作品の間を歩き始める。そして、一つひとつ立ち止まりながら、「誰が描いたの？」ときいた。手を挙げる生徒の顔を見て、「これは何？」と質問する。

生徒はそれに答える。


私の絵は、部屋の真ん中あたりにあった。ティエンは、その前に来ると、突然しゃがみこんでそれをまじまじと見た。少しの間、顎に手を当てて黙っていた。

何が起こっているんだろう、と私は心配になった。

彼女は、立ち上がると、嬉しそうに生徒を見回し、大きな声できいた。

「このパワフルなのを描いた人はだれ？」

私はどきどきとした。

パワフルだって？


手を挙げた。

みんなの目が、一斉に私に注がれた。

ティエンは、私の顔をじっと見た。その間は、少し長かった。

そして、嬉しそうに目を細め、私にうなずいた。

「エイミーなのね」

満足そうに、ティエンは言う。

私は、小さくうなずく。


「エイミー。あなたは、ソフトで優しい様子しか、私たちに見せなかったのに」

彼女は絵と私を交互に眺めた。

私は顔が赤くなった。

私が柔らかな印象を与えるのは、英語ができなくて無口になりがちだから、せめてもと笑顔をつくっているからだ。

それは、外側のことで、実際にそういう人間なわけではない。私は、そうやって必死に自分の居場所を確保しようとしていただけだ。

「本当のあなたは、この人ね」

彼女は、私の絵を指さすと言った。

「あなたは、強い人なのね」

もう一度、彼女は言った。

優しく、深い声だった。

私は、何も言わず、絵に描かれた人を眺めた。

これは、私なのだろうか？

力強い、クレヨンの跡。生きることへの、力。

ああ、そうだ。これは、私だった。

私は、ただ黙っていたのではない。

なんとかトレーニングについていくために、必死で勉強し、ボロボロのテキストを抱えていた。それが、私だ。

グループワークで何も言えなくて、いないもののように扱われて、悔しくて唇を噛んで、眠れなくて。それが、私だ。

なんとかこの場に居続けようと、必死で笑顔をつくっていたけれど、内側では戦っていた。それが、私だ。

エイミー、ともう一度、ティエンは言う。

「これは、あなたね」

本当って、何だろう。

それは、きっと目には見えなくて。

ここにいるのは、本当の私だった。

第五章　本当

I　リンゴ

「お腹すかないの?」

リンゴしか載っていないヘレナの皿をのぞきこんで、ハナは立ったまま質問した。4日目の昼食のことだ。

緊張した顔で、ヘレナは首を横に振った。

「今日、発表だっけ?」

椅子を引きながらエリーがきく。ヘレナはうなずき、リンゴを片手で持ってかじり始めた。私は、その向かい側に腰を下ろした。

私たちが食べ始めてすぐ、ヘレナは立ち上がった。

「先に行くね」

小さな声で言うと、彼女は背中を向け、階段を上がっていった。

「発表は、緊張するよね」

チャパティをカレーにつけながら、同情したようにエリーが言う。

私は意外に思っていた。ヘレナは、このスタジオのレッスンにずっと通っていて、講師たちのこともよく知っている。トレーニング期間中も自宅に帰れるのだし、もっとリラックスしてもいいような気がした。それでも、直前になれば、リンゴしか食べられないほどなのか。

「私は明日なんだ、発表」

ハナは明るく言った。

「緊張する？」

「もちろん」

そう言ったけど、ハナはカレーを食べ続けていた。

「私たちは、次のタームだものね」

シムがエリーに言い、私の方を向いた。

「エイミーはいつ？」

「あさって」

私はヘレナの上がっていった階段を見つめた。


昼休みを終えた私がスタジオに入ると、ヘレナは、下を向いたまま自作のノートを広げてぶつぶつとつぶやいていた。ほかにはすでに2人来ていたけれど、誰もしゃべってはいなかった。私も、物音をたてないようにそっと水筒を置いた。誰が入ってきても、ヘレナは顔を上げずに予習に集中していた。

「開始の時間ですよ」

入ってきたソフィアが、明るい声で言った。

「今日は、私でなくて、ヘレナが先生ね」

ソフィアが軽い冗談を言った。けれど、やっと上げたヘレナの顔はこわばっていて、うなずくのがやっとのようだった。


「Good afternoon. my name is Helena」

発表が始まったとき、ヘレナの声はとても小さかった。私たちは、前に身を乗り出して耳をそばだてた。

ふと見ると、ヘレナの指先は震えていた。緊張がこちら側まで伝わってきた。

ヨガのインストラクションに入っても、ヘレナの声は小さく、緊張はとれないようだった。

ヘレナがそれほど硬くなっているのは、クンダリーニヨガに真剣に取り組んでいる証なのだろう。何年もヨガを続けてきて、毎週日曜の早朝に行なわれる自主練習にもずっと参加していたという。子どもが小学生になってようやく少し手が離れたからと、今回のトレーニングに申し込んだのだ。

私は「ヘレナが落ち着いてできますように」といつの間にか願っていた。きっとほかの生徒も同じだったと思う。

「終わります」と彼女が言ったときには、ふうっと息を吐く音が聞こえた。

「Well done」

よくやったわ、と温かい声でソフィアが言った。このスタジオで教えてきた彼女は、ずっとヘレナを見てきたのだ。

「あなたたちからは、どう見えたかしら？」

そう言って、彼女は私たちに向かい合った。

「声が聞こえにくいところはあったけど、それでも、一生懸命なのが伝わった」

「もっとリラックスしてくれたらよかったけど、初めてだったら仕方ないと思う。私は楽しくレッスンができたから良かった」

どの声も、ヘレナを励ますようなものだった。私と同じように、ヘレナの誠実さを感じたのだろう。

ソフィアはまとめた。

「初めてのクラスというのは緊張するものです。でも、ティーチャーになったら、人の前に立ってヨガをリードすることはあたり前になります。生徒が、あなたたちを鍛えてくれるわ。今は信じられないでしょう。でも、いつの間にか、全然平気になってるのよ」

ソフィアは、私たちを見回すと満足したようにうなずいた。


人前でインストラクションをすることがあたり前になるなんて、とても信じられないと私はこのとき思った。明後日、このグループの前で発表するのかと思っただけでも、胃がきゅっとするような感じがするのだ。

「次のレッスンは15時からよ」

時計を見ながらソフィアが言った。

外の空気を吸おうと、階段を下りた。

ベンチに腰を下ろしてぼんやりと往来を見る。午後の陽ざしはまだ厳しくて、サングラスの代わりに手をかざした。


ヘレナの発表をきっかけに、私は、それまでに見た模擬レッスンを思い返していた。ロシア人のレベッカは、プーケットで自分のスタジオをもつヨガティーチャーだ。スムーズに指示を出す様子に、すでにプロになっている人は違うなと羨ましく見た。

彼女が説明を終わりにしようとしたとき、ラディが手を挙げた。

「まだ、終わりじゃないよ」

「え？　ここまでだと……」

混乱した様子のレベッカに、ラディがテキストを見るよう促した。どうやら、最後のページを見落としていたらしい。

彼女は、準備していなかったせいか動揺したのか、しどろもどろになってしまった。「まったくもう」と照れ隠しのようにつぶやいた。

フランス人のジュリィは、英語が苦手なことが気になるようで、しょっちゅう「英語だとうまく言えないけど」「フランス語だったら説明できるのだけど」と言った。模擬レッスンでは、英語で説明できないところがたくさんあって、生徒が混乱し、散漫とした空気が漂った。


発表者によって、雰囲気が変わるようだ。サトのクラスは温かく、ヘレナのそれは真面目さが現われていた。レベッカやジュリィのクラスの様子も、そう考えれば納得がいく。

私は、道路の向こう側の屋台を眺める。フライドチキンのようなものを売っているらしく、数人が買い物をしている。


クンダリーニヨガのティーチャーというのは、そういう仕事なのか。

それだったら、カレンがやめたのもわかる。それだったら、ティエンが言っていたことも、全部わかる。

ティーチャーとは、自身のすべてをさらけ出し、それに耐えて引き受けることなのか。

暑い中にいたのに、指先は冷たくなった。

私は、おそらくそんなことが嫌で、人と距離をとってきた。近くなると、笑われそうな気がする。

本当の私は、小さくてみっともなくてつまらなくて、人にバカにされるような存在なのだ。そんなもの、誰に見せたいだろう。期待してがっかりするぐらいなら、初めから誰にもわかってもらえないとあきらめたほうがいい。そのほうが、傷つかない。痛くない。ずっとそうしてきた。


時間になり、腰を上げた。

階段を上る足が重い。

「ドウセ、コノテイド、ダカラ」

私は、子どもの頃の感覚に支配されていた。ひとりだけの部屋にこもって、誰からも傷つけられないようにしていた感覚。

距離をとれば、安全なのに。

誰も、どうせ、私を嫌うのに。

私は、そっちに行ってはいけないと一方で思っていた。
私は、あのときの子どもではない。

私は、できるのだ。

混乱していた。
私は、自分をさらけ出すなんてしたことがない。

それは、怖かった。

「ラディでよかったよ」

夕食のとき、その日の発表を終えたハナが言った。模擬レッスンをみてくれるのは、どの先生がいいかという話だ。

「どうして？」

ベジタリアンラーメンを食べながら、シムがきく。

「ラディは、言い方も優しいし。緊張しないように気をつかってくれてるのがわかるし。安心してできたよ」

ふーん、と私は相槌を打った。

エリーが口を挟む。

「私は、ソフィアがいいわ。直すところがあったら、ちゃんと言ってくれるし。丁寧だし」

少し間があって、ハナが、笑いながら言った。

「ティエンでなくてよかったな」

「そんなに？」

エリーがきく。

エリーは私と同じグループで、ティエンがフィードバックしたところは見たことがなかった。

「けっこう厳しいよ」

「ダメなところはどんどん指摘するって感じだものね」

シムも同意する。

そうだろうな、と私も思う。

「でも、エイミー。うちのグループには、代わりにシャリーンがいるじゃない」

エリーがおどけて言うと、あはは、と笑いが起こった。シャリーンはきれいにマニュキュアを塗りメイクも欠かさない20代後半の女性だ。クアラルンプール在住のほかの生徒とは友達のはずなのに、距離をとられているようで、初めはなぜだろうと思った。でも、その疑問はすぐ解けた。

彼女は気が強く、自分の意見を曲げなかった。眉間にしわを寄せた彼女が「あなたの言ってることは理解できない、私はこう思う」とやりあっているのを何度も見た。10代の頃からこのスタジオに通っているから、先生たちよりも中のことをよく知っていた。ティーチャーの資格はないけれど、全体の練習ではリードすることもあるという。

それだから、余計そうなのかもしれない。発表のあとのフィードバックは、ほかの人が遠慮がちにコメントするなか、ズバズバと指摘して、発表者が意気消沈するほどだった。

「エイミーは、どの先生がいい？」

ぼんやりしている私の様子を違う風にとったのか、気づかうようにエリーがきいた。

「私は、誰でもいいかな」

私は、それよりも、自分が最後までやりきれるかのほうが気にかかっていた。途中で言葉につまったらどうしようという心配が、頭から離れなかった。

＊

発表の朝だった。

シャワーを浴びていても、落ち着かない気持ちだった。

のんびりお茶を飲んでいるシムやハナの横でノートを広げ、ぶつぶつとつぶやきながら練習する。

「もう時間だよ、エイミー」

あきれたようなエリーの声にハッとした。


スタジオに向かう道は真っ暗だった。

すごく緊張しそう、と私は小さな声で言った。みんなとの練習で、何ひとつ言葉が出てこなかった日のことを思い出していた。

大勢の前で、あんな状態になったらどうしたらいいのだろう？

「たくさん練習してきたじゃない。心配することないよ」

エリーは気軽に言う。

私は返事ができなかった。

ひとりでのシミュレーションなら、何十回もしてきた。歩きながらだって、食べながらだってしていた。セリフは全部暗記してしまっていた。

落ち着いていればできる、ということではあるのだ。

ただ、と思う。

ねえ、とエリーに言う。

「もし、みんなの前で、緊張して頭が真っ白になったら、どうしたらいい？」

私の背を、エリーが軽くたたいた。

「Come on, Amy. You'll be fine」

英語が第一言語の彼女には、私の言っていることはたぶんわからないと思う。

笑顔をつくろうとしたけど、顔の筋肉がうまく動かなかった。


午前中の授業が終わり、昼休みの時間になった。

食欲がなくて、ヨーグルトとオレンジだけを皿に載せた。空いている席にさっと座り、ひとりで黙々と口に運ぶ。どのみち味はしなかった。


その日、私たちのグループは、少人数用の部屋が割り振られていた。クリーム色のカーテンが閉められていて、柔らかな明るさが壁に当たる。

昼食を簡単にすませた私は、予習するつもりで早めに部屋に入った。

部屋の前部に準備された羊毛マットには、まだ座るのがためらわれた。

小さな声でノートの文字を読みながら、私は、大丈夫、大丈夫と自分に言い聞かせていた。

「Amy」と呼ばれ顔を上げると、シャリーンだった。

「You came early」

早いね、と私は驚いて言う。まだ20分近く時間がある。

「今日はエイミーの番でしょ」

笑顔でそう言うと、彼女は、私のすぐ隣に腰を下ろした。

不思議なのだけれど、彼女は私のことが気に入ってるようだった。若くておしゃれが好きな彼女と私では、なんの共通点もないように思ったけれど、私を見つけるたびに、嬉しそうに近くに寄ってきた。

そして、「ねえ、エイミー」とボーイフレンドの話をひとしきりした。

みんなからは煙たがられているようだったけれど、2人で話すときの彼女は、低い声で少し自慢げでとても可愛らしくて、私はまったく嫌ではなかった。


「エイミー、これに座りなさいよ。きっとリラックスするわよ」羊毛のマットを軽くたたきながら、シャリーンは言った。

私は曖昧にうなずいた。羊毛のマットは、いかにも先生然としていて、私はそれに座る資格がないような気がしていた。

「ほら」ともう一度、シャリーンはマットをたたく。

おそるおそる座る私を見て、彼女は満足したように笑った。

「特別な感じがするでしょう？　先生になったという感じの」

初めてそれの上に座った私は、納得してうなずいた。


シャリーンは、ぐるりと部屋を見回した。

「ねえ、この部屋は特別なのよ。クンダリーニヨガがずっと行なわれてきた場所だもの」

そうして、ひとつの絵を指さした。

「これは、3年前に来たのよ」

そう言って、緊張して頭に入らない私に、楽しそうに絵の説明をし始めた。

私は、その横顔を見ながら、エリーに言われたことを思い出していた。

「シャリーンは要注意だよ。何を言われても気にしないほうがいいよ。彼女は誰にでもああだから」

眉を寄せたシャリーンが、ズバズバと欠点を指摘するところが頭に浮かんで、私はこっそり息を吐いた。


時計を見ると、開始時間が近づいていた。シャリーンは「洗面所に行ってくるね」といって席を立った。彼女はどうして早く来たのだろう？

誰もいなくなった部屋で、私は、自分の呼吸に意識を向けた。30人ほどの参加者の中で、私よりも練習してきた者はいない。私のテキストほどボロボロになるほど読まれたものはない。発表の準備だって、原稿をつくり、暗記するほど練習している。だから大丈夫だと、私は自分に言い聞かせた。


部屋にサト、ヘレナ、エリーが続けて入ってきた。目が合ったエリーは、親指を立てて私に合図した。

私は、それだけ不安そうに見えたのかもしれない。

かろうじて笑顔をつくった私は、またノートに目を落とした。

ふいに、肩に手が置かれた。驚いて顔を上げる。

「大丈夫よ、エイミー」

シャリーンだった。


ドアが開いた。

あ、と思った。

そこにいたのは、ティエンだった。


覚悟が決まった。

私は、彼女が来ることを知っていた気がする。

「これは、あなたね」ティエンの声を思い出す。


私は、ずっと鎧をつけてきた。

ずっと自分を恥ずかしいと思ってきた。内側に、何もできない愚かな自分がいる。その存在を知られたら、誰からも去られてしまうと思っていた。

だから、期待しなかったのだ。だから、誰からも遠いのだ。怖かったから。


だけど、もういいじゃないか。

信じるんだ。

飛び込むんだ。


私は、自分をさらそう。

Ⅲ　小さな部屋は、祈りで満ちる

あぐらで座る私は、顔を正面に向けた。

7人の生徒がヨガマットに座り、始まりの合図を待っている。

立っているのは、後ろのティエンだけだ。そうしていれば、小柄な彼女でもすべてが見渡せる。私の指先や生徒の動きまで、そうやって全部見ようというのか。

ティエンと目が合った。まるでにらんでいるかのように、その目は真剣だった。私は、全身にざっと緊張が走るのを感じた。水筒の水を口に含み、喉を湿らせる。

私は、みんなの空気をはかった。食後のざわざわした感じが残っている。

息を吸い、吐く。心臓の音がドキドキと鳴っている。

口を開ける。

「Hi」

みんなの目が、私に注がれた。

「Hi」

私はもう一度言う。

「My name is Amy. Thank you for coming to my class」

声が震えた。まだドキドキとしている。

エリーが心配そうに眉を寄せているのを見た。

胸を押さえ、呼吸を整える。

「今からクンダリーニヨガを教えます」

そうだ、私はティーチャーなのだ。

ふっと、サラのことが頭をよぎった。

「まずは、ヨガの概念についていくつか説明をします」

何度も練習したからスムーズだった。ノートは広げたけど、読まなくていい。大丈夫だ。

ここは、私の舞台なのだ。

だんだんと私は落ち着いてきて、みんなの顔を見回した。

「Nadiというのは、人体にあると想定されている道のようなものです。それが全身に通っていると考えるのです」

前に座るサトがうなずいた。

「……これは、西洋医学で言えば、副交感神経と考えられることです」

そのとき、気がついた。みんなはうなずいているのに、後ろに立つティエンだけは、「あ」というように口を開いたのだ。

彼女と目が合った。彼女は、何か言いたげに私を見ていた。大きな間違いでもあったのだろうか。私は、焦って彼女の表情を読みとろうとした。ティエンはすぐに目をそらし、なんでもないというような顔をした。

引っかかりはあったけど、止めるわけにはいかなかった。そもそも、その場で言いなおしたりできるほどの英語力はない。みんなの前にいるのに、気をそらしている場合ではない。

私は、咳払いをしてそのまま続ける。

説明を終えると、手元に置いた腕時計をちらりとみた。予定通り、キーワードの説明が15分間。

ふう、と私は大きく息をつく。みんなは、ここまでの内容はわかったようだ。私の英語の発音やイントネーション、文法も問題はなかったらしい。ティエンが顔を上げた。私と目が合った。すると、彼女は嬉しそうに目を細め、大きくうなずいた。

ああ、よかったのか。

私は、キーワードの説明には多くの時間をかけた。該当箇所だけでなく、ほかの資料も参考にした。そうまでしないと、自信をもって発表できないからだ。それに、ヨガ未経験の人に説明するという想定だから、なるべくヨガの専門用語を使わずに通常の言葉で代用した。それがまずかったのかと思っていたけれど、大丈夫だったらしい。

私はほっとして、前に座るサトを見た。彼はそれに気づき、優しい目で微笑んだ。

私は見守られている。

体の中に、力が湧いてくる。

いよいよ、ウォームアップだ。今度は、自分の体を動かしながら説明するのだから難易度は上がる。私は、すべてきちんと調べてきた。どうやれば正しいやり方か、どこを曲げて、どこを伸ばしているのか。

一つひとつ、大きな声で説明をしながら、インストラクションを始めた。みんなも続いて行なう。雰囲気も悪くない。私は、自分がティーチャーだと感じた。

次は「クリヤ」だ。一連のエクササイズをするのだけれど、その前には必ず「チューンイン」を行なうことも決まっている。儀式のようなものだ。

両手を胸の前で合わせた。

手のひらを合わせると同時に、意識を中心に置いた。祈りのポーズ。

「Let's tune in」

ほかの物音はしなかった。私の声だけが、静かに部屋に響く。

「Inhale」この場の全員が、息を吸う。

「Exhale」息を吐く。

「Inhale to tune in」

すっと、静かに吸う音がする。


「私は、神聖なる知恵に頭を下げます」

マントラの意味は、それだ。

神聖な場に、心と身体を置くこと。

緊張とは違う、ピンとした静かな空間がそこにあった。

「正座をしたら、両腕をサイドに広げて……」

「お腹から息を吐きながら、両腕を伸ばして……」

私のインストラクションに続いて、全員が動きを始める。ティエンは、立ったままそれを見ている。

クンダリーニヨガは、目をつぶって行なう。生徒たちは、瞑想状態に入っていく。サトの横顔を見る。後ろではチェルシーが腕を伸ばしている。シャリーンも真剣だ。彼らの顔は、いつもの友人としてのそれではなかった。入り込んでいる。

体を倒し、腕を伸ばしている姿。誰もが、ただひたすらにそこにいた。人に見せるためでなく、評価されるためでもない。黙々とエクササイズを続ける姿があった。

彼らが、すべてを委ねているのを感じた。

ああ、そうだ。

私が、彼らをそこに持っていくのだ。そして、彼らはそこに行く。

そこには、絶対的な信頼があった。

私は、ようやく気づいた。
英語で上手に言えるとか、ポーズがきれいに見せられるとか、自分がどう見られるとか、
私のことは、どうでもよかったのだ。
どう評価されるかなんて、どうだっていいのだ。

ここは、私のための舞台ではなかったのだ。

私は、ここで、捧げるのだ。


サラだ、と私は思った。

私は、サラと同じ目で見ている。ヨガを続ける彼らは、私なのだ。


「自分の中の神と、つながる場所」

ティエンの言葉がよみがえる。

私たちは、何かを信じる。だから、それを呼び起こそうとするのだ。

自分の中に神がいると信じ、それと一体になる。
だから美しいのか。
絶対的な信頼と、願い。
それは、祈りだから。

私は、何も教えることはない。
私は、信じるだけだ。
ともにいるだけ。
祈るだけ。

そのとき、あなたと私の境界も消える。
「自分の中の神とつながる場所」

小さな部屋は、祈りで満ちる。

Ⅳ　Yes, she did.

最後のエクササイズが終わり、みんなが目を開いた。ディープリラクゼーションを促した。みんなはマットの上に仰向けになり目を閉じた。窓際のサトと後ろのチェルシーの顔に光が当たるのに気づき、カーテンを閉めた。

「すべての力を抜きましょう」

薄暗くなった部屋で、声がする。それは、私のそれのようではなかった。

静寂の中で5分ほどが過ぎた。

「Bring your consciousness back to the room」

意識を部屋の中に戻しなさい、と私の声が言う。

手と足をこすり合わせ、両膝を曲げて体を前後に動かしなさい、と言う。

チューンアウトをしようと、両手を胸の前で合わせた。

部屋の全員が同じように、静かに手を合わせる。

祈りのポーズ。


「Inhale」

息を吸いなさい、と私は言う。

「Exhale」

息を吐きなさい。


一瞬、静かになり、全員が息を合わせる。

「Sat Nam」

サットナム。


マントラの意味を、私は聴く。

私のアイデンティティは、真実そのものです。

私は、全員がマントラを唱えるのを聴きながら、初めてこの言葉の意味がわかった気がした。

私のアイデンティティは、真実そのものです。
その言葉が、体全体を震わせる。

私は、真実のもの。
それは、気づきだ。

私は、真実のもの。
それは、宣言だ。

私は、真実のもの。
それは、覚悟だ。

*

顔を上げた。誰も口を利かない。

息を吐いた。

私は、床に頭をつける。

頭を上げると、それは同じ部屋の中だった。夢から覚めたようでもあり、映画館から出て太陽の光にあたったときのようでもあった。みんなも、そんな顔をしていた。誰も口を開かない。


私は、もう一度頭を下げた。

今度は、みんなに。


パチ、パチと拍手の音が聞こえた。

音は広がり、全員のものとなった。

みんなが、私に拍手を送っていた。

サト、ヘレナ、エリー、シャリーンまで。

私は、カーテンを開けた。

外の光が入ってきて、部屋は急に明るくなった。

ティエンが、マットの間を縫いながら歩いてきて、私の横に腰を下ろした。

「とても美しいクラスだったわ、エイミー、ありがとう」

満足そうにうなずくと、彼女はヘレナに顔を向けた。

「あなたはどう思ったかしら？」

「とってもいいクラスでした」

ヘレナは、うっとりしたように言う。

「まだ、夢の中にいるみたい」

そうして、私に微笑む。

「エイミー、とてもいいクラスだったわ。改善点は……」

彼女は考えるように眉を寄せた。「思いつかなくて……」

みんなの間から、軽い笑いがもれた。本当は、改善点も指摘しろと言われているからだ。

それでもティエンは、「そうね」とだけ言った。

ほかの生徒も、誰も改善点を指摘しなかった。ティエンはそのことについて何も言わず、優しい顔をしていた。

次は、シャリーンの番だった。エリーが言った「要注意」を思い出して、私は、心の準備をした。きついことを言われたとしても、「誰にでもそうだ」とエリーは言っていた。シャリーンは、下を向いて細い指を胸の前で動かしていた。そうして、くっと顔を上げると私を正面から見た。

「エイミー、素晴らしいレッスンだったわ」

みんなの顔が、いっせいにシャリーンに向いた。あの彼女が、と意外だったのだろう。ティエンが面白そうに頬をゆるめた。

シャリーンはそんなことを気にしないというように続けた。

「ありがとう、エイミー。あなたのクラス、大好きよ」

I *loved* your class.

彼女は、*loved* に強くアクセントをつけ、照れ臭そうに笑った。こんなに素直に表現する彼女を見たことがなかった。柔らかな表情の彼女はきれいで、思わず見とれる。

エイミー、と彼女は続けた。

「あなたのクラスだったら、通いたいわ」

ああ、と力が抜けた。

「Thank you」と私は言う。

少し恥ずかしそうなシャリーンは、肩をすくめると下を向いた。

後ろに座るエリーは、私に向かって小さく親指を立てた。


「シャリーン。どこがよかったのかしら？」

ティエンがきいた。シャリーンは、少し考えてからポツポツと言った。

「どこがって言われても難しいですが……。ただ、私は、ここに来たばかりの時のソフィア先生のクラスを思い出していました。似ているなと思って」

私は驚いてシャリーンに顔を向ける。

オーストラリア人のソフィアは、10年ほど前、協会からクアラルンプールに派遣されスタジオの責任者となった。ヨガをしていないときでも白い服とターバンを身に着けていて、私みたいないい加減な人とは違う。ここに来たときも、すでにティーチャーとしての経験を積んだあとだった。

「どこが似ていたのかしら？」

「そうですね。どこでしょうか」

小さな声で、ひとり言のようだった。

私は口を挟めなかった。

しばらくの沈黙の後、シャリーンは口を開いた。

「空気かもしれません。どうしてかはわからないけど、私は、エイミーのクラスがとても好きでした。ただ、素晴らしい感覚でした」

「I loved her class」

彼女はもう一度、ティエンに言った。

ティエンは、指を頬にあてると、目を閉じた。

「考えておきましょう」


「It's my turn」

サトが、咳払いをした。

午後の陽ざしは眩しく、彼の白いシャツを照らしていた。

「エイミーのインストラクションは、丁寧でした。スムーズでやりやすかった」

それに、と彼は、大きな両手を広げた。

「彼女は、1回もメモを見なかったので驚きました」

僕とは違うよね、とサトは恥ずかしそうに小さな声で付け加えた。

ふふふ、っと何人かから笑いがもれた。私の頬もゆるんだ。サトが、時折、眼鏡をずり上げながら、メモを凝視していたのを思い出したのだ。

「エイミーは僕と違う。1時間のクラスの内容を、全部暗記していました。そうして、やり遂げたんです。すごいと思います」

ああ、と思う。

みんな、私が英語が苦手で、ずっと苦労していたのを知っていたのだ。

そうね、とティエンはうなずく。

「Yes, she did. Absolutely」

ええ、彼女はやり遂げたわ。本当にね。


ティエンの横顔は誇らしげだった。「こうなることを知っていた」というように。私は、このとき、気がついた。ティエンも知っていたことを。


私が、劣等感で苦しかったこと。黙っていると参加していないみたいだからと、無理に笑顔をつくっていたこと。

毎晩泣いていたこと。

眠れなくて心配で、逃げ帰りたかったこと。

発表が怖くて、不安を抱えながら必死でテキストをまとめてきたこと。ずっと練習してきたこと。だけど絶対に逃げないと決めていたこと。

頭の中で繰り返していたから、すっかり発表の内容を暗記してしまっていたこと。

そんなことなんて、お見通しだった。


私のことなのに、ティエンはとても嬉しそうだった。

私は、誰にも私のことはわからないと思っていた。


私になんて、誰も期待しないと思っていた。


「ドウセ、コノテイド、ダカラ」

そんな声が聞こえないところに、いつか行こうと思ってた。

期待は、自分で自分にあげなくては、と思ってた。

戦わなくては、と思ってた。


私は、なんにも見えてなかった。

耳をふさいでいたのは、私だった。

私は、知らなかった。

見守られていたこと。
期待されていたこと。
両腕を広げられていたこと。

私は、ここにいて、いいことを。

Ⅴ　本当の声

生徒全員がフィードバックを終えた。

「さて、私の番ね」

ティエンは、生徒たちの顔をゆっくり見まわし、最後に私に目を落とした。

「まずは、初めの解説について。Nadi という概念を説明していましたね。とてもわかりやすかったわ」

私は胸をなでおろした。ティエンはそんな私を見て、にっこりと微笑んだ。

「複雑で難しい概念を、よく説明できていました。しっかり学んできたのね。同時に、あなたは、誰にでもわかるような平易な言葉で説明しようとしていましたね。あれだったら、ヨガを知らない人でも理解できる」

ティエンは、そこでひと息ついた。

「エイミー。あなたは、参加者の気持ちを考えたのね」

私は曖昧にうなずいた。看護師だったエリーやジョアンナと違って私は知識も少ないし、テキストを理解するだけでも大変だった。だから、私みたいな人でもわかるようなクラスにしたかったのだ。

「ウォームアップも完璧だったわ。ポーズも全部とてもよくできていた。よく調べて確認したのね。細かいところはあるけれど」

手書きのメモを確認しながら、ティエンはいくつか改善点を出した。

「ただ、そういうテクニカルな問題は、小さなことよ」

彼女は言葉を切ると、ノートを床に置いた。


これまでの模擬レッスンのフィードバックとは何かが違っていた。みんなもそう思っているようで、ティエンが何を言うのかと身を乗り出していた。

遠くで、カーン、カーンと工事の金属音がする。

午後の光がマットを照らす。

「なぜ、エイミーのクラスがよかったか、誰かわかるかしら？」

うーん、と間があった。

「たくさん準備をしてきたからでしょうか？」

エリーがきいた。

ティエンは、軽くうなずいた。

「そうね、特に、エイミーは英語が母語ではないものね。あんなにスムーズにやるのはどれだけ大変だったでしょうね」

エリーはうなずく。

でも、一番大事なのはそこではありません、とティエンは続けた。

「彼女のレッスンは、empatheticでした。それは、ティーチャーとしてとても大事なことです」


Empathetic?

そんなことを言われたのは初めてで、私は戸惑った。

Empatheticは、感情移入するとか、共感的である、人の気持ちを自分のもののように感じることができる、といった意味だ。

けれど、シャリーンが「あ」というように軽く口を開いた。

私は、自分のレッスンを思い返す。どういうことだろう？


「エイミー」とティエンの声がして、私は我に返る。

部屋には、彼女の声だけが響く。いつの間にか、工事の音は止まっていた。

「自分のことは、わからないものよね」

ティエンは続けた。

「Empatheticであることは、あなたの強みだわ」

私は、何も言えなかった。

「それは、あなたの強みだわ」

That's your strength.

私は、ひたすらに準備してきた。英語も下手で、なんの実力もない自分がみんなの前でインストラクションするなんて、本当に怖かった。どう思われるだろうと思っていたのだ。

だけど、前に座り、みんなの姿を見ているうちに、そんなことはどうでもよくなった。

上手にインストラクションをしたい、かっこよくポーズを決めたい、先生から評価されたい、なんて気持ちは消えた。黙々とエクササイズを続けるみんなは美しくて、私はそれを支えるだけの存在だと思った。

私は、それがティーチャーだと思った。


ああ、そうか、と私は思う。

それは、サラだ。

それは、完全だ。


私は、ヨガの先生になろうなんて思っていなかった。

そういうのは、難しいポーズがとれたり、上手にインストラクションできたり、山にこもって瞑想を続けたり、人格者でみんなを引っ張っていったりする人がなるものだと思った。


「ドウセ、ワタシハ、コノテイド、ダカラ」

私は、私を信じていなかった。

ティエンは続けた。

「エイミー。自分の強さを信じなさい。それを持ち続けなさい」

その声ははっきりと強く、私の内側の声を黙らせる。

まるで、命令するように。


「ドウセ、ワタシハ、コノテイド、ダカラ」

そんな声が聞こえないところに行くと、ずっと思ってきた。


本当のことが、扉を開ける。

「自分の中の神に出会う場所」


私は、自分の胸を押さえた。

ここだったのか。

ずっと否定して、無視して、見捨ててきたのに。

「ドウセ、ワタシハ、コノテイド、ダカラ」

そんな声は、もう聞こえない。

私はやっと出会った。

きっと、小さな頃からずっといた。

本当の、私。


（了）

エピローグ

2タームが終わると、ペナンに戻った。また、必死に試験勉強をした。3タームでも同じように講義や発表があり、最後に試験を受けた。なんとか合格し、アメリカにある国際クンダリーニヨガ協会から認定証を受け取った。

エリーから誘われて、一緒にヨガクラスを開いた。2人で毎週、交替で教えるもので、雰囲気もよくて楽しかった。けれど、エリーがイギリスに帰国することが決まり、そのクラスを閉じた。

この作品を書き始めたのは、不思議な流れだった。

コロナ禍でスタジオでのヨガが禁止となり生徒が激減した。オンラインのみになったクラスに、なんとかして人を呼びたかった。それで、noteに「運動も英語も苦手な私が、海外でヨガティーチャーになる話」を書き綴ったのだ。

文章を書くようになるとは思っていなかったし、ヨガの集客なのだから、かっこよく見せたほうが賢いだろう。英語も流暢で、ヨガのポーズもできて、すごい経歴があって、と見せたほうがいいのではないか。そんな素敵な先生のほうが、人も集まるのではないかと思った。

だけど、パソコンに向かうと、それはできなかった。みっともない自分が出てきた。
人と比べて落ち込んだり悩んだり、くじけそうになったり、泣いたりしている。
それが、私だった。
私はかっこよく見せるのをあきらめて、書き続けた。
それでよかったのだと思う。

私は、両腕を広げて立とうと思ったのだ。
足が震えても。
それでも、いいのだ。
Vulnerableでいるのだ。

無防備で、傷つきやすい状態で。

私が鎧を捨てた音を、聞いただろうか。


「自分の中の神と出会う場所」

そこに立とうと、決めたのだ。

それが、私の本当の場所なのだ。


そこで、出会うのだ。

あなたと。


本当の場所で。

青海エイミー
Amy AOUMI

2011年マレーシアに移住し、クンダリーニヨガを教える。2021年コロナ禍中に小説執筆に着手し、デビュー作『ジミー』を上梓した。

本当の私を、探してた。

One day I realized I had been looking for *me*.

2023年9月15日初版第1刷発行

著　者／青海エイミー

DTP／増住一郎デザイン室

発行／株式会社 メタ・ブレーン
東京都渋谷区恵比寿南3-10-14-214 〒150-0022
TEL:03-5704-3919／FAX:03-5704-3457
http://www.web-japan.to